[中国当代乡土小说文库]

# 八里洼纪事

■ 刘玉堂 / 著　　山东城市出版传媒集团·济南出版社

图书在版编目（CIP）数据

八里洼纪事 / 刘玉堂著 . -- 济南：济南出版社，
2019.4（2024.2 重印）
（中国当代乡土小说文库）
ISBN 978-7-5488-3658-2

Ⅰ.①八… Ⅱ.①刘… Ⅲ.①中篇小说 - 小说集 - 中
国 - 当代 Ⅳ.① I247.5

中国版本图书馆 CIP 数据核字（2019）第 066513 号

八里洼纪事 / 刘玉堂著

出 版 人　崔　　刚
总体策划 / 责任编辑 / 装帧设计　戴梅海

出版发行　济南出版社
地　　址　济南市二环南路 1 号 250002
网　　址　www.jnpub.com
电　　话　0531-86131726
传　　真　0531-86131709
经　　销　各地新华书店

印　　刷　山东百润本色印刷有限公司
成品尺寸　150×230 毫米　16 开
印　　张　7.25
字　　数　107 千
版　　次　2019 年 5 月第 1 版
印　　次　2024 年 2 月第 2 次印刷
定　　价　49.00 元

发行电话　0531-86131730/86131731/86116641
传　　真　0531-86922073

刘玉堂，文学创作一级，中国作协会员，曾任山东作协副主席，现为山东作协顾问。

自 1971 年开始文学创作，至今已发表作品 500 多万字，著有中短篇小说集《钓鱼台纪事》《滑坡》《温柔之乡》《人走形势》《你无法真实》《福地》《自家人》《最后一个生产队》《县城意识》《乡村情结》《一头六四年的猪》《山里山外》《刘玉堂幽默小说精选》，长篇小说《乡村温柔》《尴尬大全》，随笔集《玉堂闲话》《我们的长处或优点》《好人似曾相识》《戏里戏外》《所以说》等。作品曾获山东泰山文学奖，上海长中篇小说大奖，齐鲁文学奖，山东优秀图书奖，山东新时期农村题材一等奖，及《中国作家》《上海文学》《萌芽》《鸭绿江》《时代文学》等数十次省级以上刊物优秀作品奖，其随笔数十次获全国报纸副刊协会及省级报纸副刊协会奖。

刘玉堂被评论界称为"当代赵树理"和"民间歌手"，他的作品大都以山东沂蒙山农村为背景，描写农民的善良和执着，显现出来自民间的伦理、地域的亲和力和普通百姓的智慧与淳朴。他的语言轻松、幽默，常让人会心一笑。有关刘玉堂本人及其创作，著名作家李心田曾有诗道：

土生土长土心肠，专为农人争短长。

堂前虽无金玉马，书中常有人脊梁。

小打小闹小情趣，大俗大雅大文章。

明日提篮出村巷，野草闲花带露香。

# 乡村渐远　记忆永存

## ——中国当代乡土小说文库·刘玉堂专辑总序

刘玉堂

这套书里收录了我最深刻和最坦诚的记忆。

也是无论何时拿出来，我都不会为之脸红和惭愧的文字。它们记载了一个历史时期的段落，一片乡土的昔日，一种记忆的珍藏，或许没有美丽的田园牧歌，但有一种亲历者转述时的恳切。

国之虽大，无非两处所在：一是城市，二是乡村。国人虽众，亦分两群：一是城里人，一是乡下人。我是城里的乡下人。乡下人的习性和格局，注定了我只能紧紧抓着那些真正属于自己血脉里的东西。

本雅明评价《追忆似水年华》时说：世上有一种二元的幸福意志，一是赞歌形式，二是挽歌形式。前者容易辨认，但往往显得肤浅；而后者则往往被理解为苦役、患难和挫折的变体。我认同，所以也努力把这些文字编织成尽可能温情的乡土挽歌。

故而我写苦涩中的温情，无奈时的微笑，孤苦中的向往；有时干脆就是直接捧出一束未经任何加工的原汁原味的野草闲花献给你。用自己的语言，写自己的故事，是我自觉追求并努力实践着的。

大概十多年前，儿子新婚，依照家乡习俗要上喜坟。带儿子儿媳归乡，却找不到他爷爷奶奶的墓地。我无法描述彼时彼境，毕竟不知不觉间，我也很久不曾回到家乡了。所以，除了进入回忆和文字，否则我们绝无可能再回到那片我们一直赞美过的故土与时代。

人类的记忆又有很强的过滤功能。年代久远，许多痛苦甚至悲伤的事情会被过滤掉，留下的多是美好与温馨。"上山下乡"的知青故地重游，未必真的想重回当年的岁月，而是出于一种对青春岁月的留恋。

　　进入城市，或许才真正是几千年乡土中国的必然结局。中国乡土的昔日，其实没有什么美丽的田园牧歌，所谓的乡愁，可能也只是今日在城市中的我们，对记忆的美化，或者并不曾长在乡土之中的人们的臆想。

　　这也就不断提醒我们一个命题：如今的乡土文学应该怎么写？对此，我不能提供一个可期待的角度。但无论何时，我都偏执地认为，这种写作一定是面对自己的，充满诚意的，绝对不会丢弃审美与反省的。同时，这种写作应该赋予苦难以温情，而不是赋予苦难以诗意，至少保有一副写作者正常和普通的心肝，如果再有那么些许的使命感，就更好了。无论时代多么繁花似锦烈火烹油，小日子、小人物，活着，微笑着的众生，才是最值得我们保存和记录的。

　　最后，乡村要复苏，必然要抛弃传统的农耕方式和生活模式，而这些原本是乡村记忆的核心组成部分。乡土又是文明的缩影，即使我们远离村庄，依然也无法改变传承下来的行为方式。所以，我们永远是城里的乡下人，永远会记得起乡愁。但我们的后代可能不是，乡愁亦将与之无关。

　　乡村正在渐行渐远，如果有那么一天，曾经生养过我们这些人的乡土归于消逝，我还是天真地希望，这种消逝带着温情和平静，而所有关于乡土的记忆，则长久地保留下来。

　　亦希望，乡民的后代们进入城市，仍愿意读取先辈们性格中温情脉脉的那一部分记忆。

　　这是我不离不弃的期冀，而记录它们，则是我不离不弃的事业。

　　是为序。

2018-7-31 / 于济南

# 目　录

# 第一章　八里洼纪事

## 一、工人阶级

一九六二年春节刚过，八里洼的一驾马车从城里接来一户六口之家。那家人家的户主姓岳，叫岳道远，一个老婆，四个挨肩儿的女儿，分别按十、八、六、二的顺序排列着。当马车进村的时候，人们注意到这家人家的行囊很简单，无非就是纸箱子、破柜子及黑乎乎的些锅碗瓢盆之类，没有什么特别的引人之处，唯一有点吸引人的是一盏铁路工人使用的信号灯。小放羊的李有顺在村头看见，自说自话地嘟囔道，嗬，工人阶级，这是家工人阶级定了，工人阶级有标志，红灯闪闪照大地……当叮个当叮个当叮当。一只小绵羊，闻听此言，扭头朝他叫了一声，咩——娇憨而暧昧。

李有顺判断得没错，那个岳道远还真是工人阶级——铁路工人，是按照"调整、巩固、充实、提高"的政策，主动要求来八里洼落户的，并非是犯了错误给下放的——判断问题较准确和喜欢说下流话，是天底下放羊的共同特点。这与他们观察事物的角度及长期受公羊母羊们的影响有关。想想看，他们整天在附近山上转悠，从山上往村里看去，取俯瞰之势，谁来了，谁走了，能总览全局、一目了然，谁也逃不过他的眼睛。他们还特别关心国家大事，善于调查研究，打探各种消息，之后再独自在山上作一番比对分析，运筹帷幄、指点江山的那么种味道，所谓站得高看得远，那判断个什么事情还不格外准确一点呀！比方说，岳道远来到八里洼的当天晚上，李有顺就去串门了。岳道远见来人是个十二三岁的毛孩子，以为是看热闹的，一开始没怎么重视，该干什么还干什么；后来见他从挎兜儿里掏出一包用荷叶包着的东西递过来，遂问他，这是什么呀？

李有顺说，蛤拉油子，给你们尝尝！

岳道远的女儿们都凑过来伸着脖子看，什么油子？

李有顺笑笑，就是田螺，也叫酱油螺蛳，咱这里叫蛤拉油子，算是八里洼的特产吧，啊！

待岳道远将荷叶打开，一个个油光闪亮的田螺呈现在眼前的时候，孩子们还真流出哈喇子来了。她们先是矜持了一小会儿，马上就叽叽喳喳、嘘嘘溜溜地吮食起来。李有顺又赶忙递过几个曲别针，用这个挑出来吃！

岳道远稍稍尴尬了一下，方想起给他让座，问他叫什么名字、是谁家的孩子、多大了云云。李有顺一一做了回答之后，岳道远又问他，你来是有什么事儿吧？

李有顺说，没事儿，就是过来串串门，联联盟！

岳道远有点不得要领，联、联盟？联什么盟？

李有顺说，你肯定是工人阶级吧？还有信号灯什么的，下到八里洼那还不是跟我们联盟呀，叫工农联盟是吧？

岳道远就笑了，遂又问他一遍，你多大了？

李有顺说，虚岁十四，周岁十三！

岳道远猜测着他的心思，你是对那个信号灯感兴趣吧小兄弟？你若喜欢就拿着玩儿去！

李有顺把玩着那个锈迹斑斑、油脂麻花的信号灯，说是，这个怎么能随便玩儿？你拿着个信号灯在街上乱晃悠，红灯闪闪放光芒，人家还以为是跟谁接头哩！之后，他问岳道远，当前形势是怎么个精神？

岳道远愣了一下，当前形势？当前形势应该还是大好的吧？叫东风压西风并继续压倒西风，帝国主义一天天烂下去，我们一天天好起来！

李有顺说，苏联不跟咱们好了是吧？指望他那个原子弹震帝国主义一家伙的，结果他还净欺负咱，连抗美援朝的账也算在咱头上，这两年群众生活困难也是因为还他们的债还的吧？

岳道远愣了一下，你年纪不大，知道的事儿还不少哩！这两年我到外地援建去了，没怎么关心当前形势，看来思想还是落后了！

李有顺接着说，原子弹也没什么了不起，他要扔在城里，有锦鸡岭挡着，咱这里就没事儿！

岳道远笑一下，嗯，有道理，过去还真没这么想过哩！

李有顺又说，其实当农民也不错，叫七级工、八级工，赶不上老百姓一沟葱嘛，啊，还有二亩地、一头牛，老婆孩子热炕头！

岳道远的大女儿岳月这时亮着个油脂麻花的嘴凑过来问他，你刚才说蛤拉油子是八里洼的特产，现在还有吗？

李有顺说，有，当然有，这些就是我头年捞了腌起来的，有点咸是吧？好吃吗？

岳月说，太好吃了，比猪肉还香，你再去捞的时候带着我好吗？

李有顺就说，好，到时我领你去！

这边厢说话的过程中，岳道远的老婆一直在拾掇这拾掇那，还不时地问老岳什么东西放哪里了，过会儿又朝着企图藏起几个蛤拉油子来的最小的女儿吼了一声，干什么你？还有你，嘘溜起来没完儿了哩，木乱（方言：烦不烦啊、乱不乱啊）得慌吧？

那个最小的孩子哇地就哭了。岳道远又赶紧抱过来，哄着她，哦，我的小艾艾、小宝贝，你妈不是吼你，是吼你姐呢，不哭、不哭……

李有顺方意识到什么，遂站起来说，你们忙吧，以后有什么困、困难，打个招呼！说完走了。

李有顺走了之后，岳道远埋怨老婆，你刚才吼那一嗓子干吗呀？

他老婆气呼呼地说，你说这个四多是怎么回事儿，这么点的个孩子就知道藏东西，她是跟谁学的呢？

岳道远说，她为何知道藏东西你心里应该有数呀！我已经告诉过你，小四儿改名叫艾艾了，你怎么就改不过来？

他老婆哼一声，你就一辈子拿捏我吧！

岳道远又说，我不是拿捏你，也不是嫌你管孩子，而是你守着人家吼那一嗓子不好，人家会怎么想？

他老婆又嘟哝道，他爱怎么想就怎么想，多大点儿的个毛孩子，在那里啰啰原子弹，还当前形势是怎么个精神，这不纯是在那里揍势（方言：装模作样、装腔作势）吗？也不看看人家得闲不！

岳道远即感叹道，农村就这样儿呀，来个生人就格外好奇，格外想表示一下热情，我老家的人也这样！这是个小大人儿，他送蛤拉油子过来，肯定也有他家大人的意思，农村人憨厚朴实，可不傻，别以为人家听不出来！

李有顺确实就感觉出了点什么，回到家即在日记中写道：工人阶级负担重，和咱农民一样穷；蛤拉油子来相送，馋得些孩子要了命。大叔态度较和蔼，大婶缺乏个礼貌性。虽然挂着信号灯，思想觉悟不相应……

## 二、 灯下黑

八里洼在城南二十里，乃三山环抱的一个大洼，一抔土丘与城区相隔，两条小路与市区相连。空中摄影显示该区的地形地貌即为"丹"字形。李有顺于八里洼旁边的锦鸡岭上鸟瞰此区，也有相同的印象，只不过他用另一种语言来表达：八里洼，好大的洼，两条长腿撇拉着，一条腰带中间扎，下边还堆着鼓鼓的那么一坨，你若不把我来信，你就是个大傻瓜，这句有点不押韵了，还不是让你把我信呀？当叮个当叮个当叮当……

而又为何叫八里洼？你完全可以顾名思义，理解为方圆八里的一个水洼的意思。你若懒得考证，从附近的村名地名上也能猜出点小端倪：二里沟、四里山、六里河、十六里河，完全用数字来表示，就像J市的人喝酒划拳一样。有时你走在J市的大街上，听见这里那里硬邦邦的吆三喝四声，一，二，三，四，下口令似的，很生猛，扭头一看，是几个脸红脖子粗的光着膀子的人在猜拳行令，听上去没有哥俩好、三桃园、四红喜、五魁首什么的好听，但直截了当，嘎嘣脆！

八里洼是附近有名的落后村，有灯下黑之称。该村土地不多，社情却十分复杂，既有祖祖辈辈生于斯长于斯的土著农民，也有在城里剃头、掌鞋、补车带或收废品的，还有从别处投奔到这里的个什么亲戚而后在城里当盲流干临时工的，更有来路不明神秘兮兮因犯了错误被发配到这里的；个别的还有不够随军条件却找了个什么关系将老婆的户口安到这里以备将来农转非的等等。若干年后，当八里洼集体拆迁，J市房地产开发公司拆迁队的人说，扒了三天了，还一个股级干部没扒出来！你就知道该村人员构成是怎么个状况！

这村的土著都姓李，其余的杂姓基本上就是外来户了。村支书李振村乃一老复员军人，解放这座城市的时候立过功，抗美援朝又献出腿一条。抗美援朝回来，民政部门安排他当脱产干部，在城里干点工作，他不干，说是老子南征北战、出生入死，如今回家种个地过个安生日子也不行啊？还脱产呢，脱裤子吧！遂回村当了支书。

八里洼由一个水洼变成一个纯村落，大概不到一百年的事儿。清末J城的史志上尚有记载：南大洼，J市第二大湖泊也。盛时，积水泱泱，芦苇浩荡，荷叶田田，有八里之阔；旱时，亦可游船行舟，捕鱼捞虾，赏荷采莲……

李振村回到八里洼的时候，那大洼虽然萎缩了些，但比一个池塘还是要大得多，雨季的时候，南部山区的水流下来，依然积水泱泱，虽无八里之巨，但仍有三五里之阔。李振村当支书的第二年，办了一件大事：将全村种粮食的大田统统改成了菜地，地道的农民变成了菜农。这一方面是因为八里洼的地形地貌适合种菜，全村的好地都在水洼边儿上，土地肥沃，方便灌溉；另外，也是最重要的，用李振村的话说，东郊、西郊离城区二三十里的黄苔、青苔都改成菜农了，我们城南离市区不到二十里的八里洼就不能改了？

他说的这个黄苔、青苔当然都是村名。

说是回家种地，但李振村种地不行，种菜就更不在行。用李有顺的话说，他只是目光短浅，贪图二亩地一头牛，老婆孩子热炕头，对种菜也只是喜欢，觉得菜农比种粮食的农民实惠点儿，也好听。他每天嘎吱着一条假腿都要到菜园里溜达一圈儿，欣赏那些带绿叶的东西。他说是，抗美援朝，天天吃炒面，最馋的就是绿叶蔬菜，有一年冬天就因为没吃上绿叶的东西，蛋上都长疮，后来才知道叫阴囊炎，是缺维生素B还是C来着。因此上，八里洼的菜园里就都是带绿叶的蔬菜，菠菜、韭菜、芹菜、白菜之类，而果实类的东西如土豆、萝卜、黄瓜、西红柿什么的，统统不种——他这个不按计划而完全根据个人的喜好种植蔬菜，连同说话不文明，应该就是八里洼后来成了"灯下黑"的原因之一。

小放羊的李有顺是李振村本家的个侄子，地道的八里洼的土著，上过四年小学，对八里洼的所有外来户都怀着极大的好奇与羡慕。岳道远不是他第一个主动拜访的人，八里洼所有的外来户，他都主动拜访过。在所有拜访过的外来户中，他最崇拜的是一个在部队文工团说"武老二"的家伙，那家伙叫宋洪烈，当然就是娶了农村老婆，又不够随军条件，悄悄将老婆户口落到八里洼以备将来农转非的。李振村是复员军人，原本对当兵的就有感情，加之宋洪烈能说会道、能吹会诌，说起"武老二"来这样：闲言碎语不要讲，表一表好汉武二郎。

那武松，学拳到过少林寺，功夫练到八年上。回家去时大闹了东岳庙，李家的五个恶霸被他伤——高派，嗯，就是高元钧派；郭沫若先生称我师为民间艺术的一面旗帜，茅盾先生也曾写下："轻敲绰板轻摇舌，既慷慨兮复诡谲。绝技快书高元钧，沁人心脾如冰雪"的诗句……他这么三啰啰两啰啰，就把李振村给啰啰晕菜了，加之李振村当年在部队的时候还真听过高元钧说"武老二"，遂悄悄地给他办了，还给他批了宅基地。

小放羊的李有顺有事儿没事儿地跟在宋洪烈的屁股后面转悠，三来两往、耳濡目染，他一个人在山上放羊的时候，就也啰啰起了"武老二"。由此你就知道，为何他得空就要叮当上那么一段。

李振村的这个乱安户口及批宅基地，应该是八里洼成了"灯下黑"的原因之二，也是八里洼逐步萎缩，由一个水洼变成一个纯村落的重要原因。

还有一条，是八里洼的村容村貌脏乱差，晴天一身土，雨天一身泥，粪肥满街堆，脏水满街流；民风也不好，不时地会发生该村社员进城偷大粪，与城区清洁队打架斗殴的事件……

岳道远到八里洼之后，李振村估计他对城区公共厕所的分布可能会熟悉一些，也容易跟城区清洁队打交道，遂知人善任，让他管理村上的粪场。除了负责本村的粪便处理，还要淘一些城里的公共厕所。这项工作听上去不好听，但不累，还能管着十几个人。粪场就在大队部旁边的一棵老槐树下，估计是沾了粪场的光，那老槐树干粗枝壮，长势威猛，夏天的时候树荫可遮半亩地——这棵老槐树如今依然活着。你若有暇到维西夜都小区，一进大门看见不远处一棵枝条上滴溜八挂地系了许多红布条、香荷包，且用铁栅栏围着的老槐树，那就是它。尽管那树干已经中空了，还有一条很长的裂缝，但里面填了水泥，外面箍了铁条，裂缝也用与树皮同种颜色的水泥修饰过，看上去依然树大根深、枝繁叶茂，威势不减，还平添出几分神气、霸气、王者之气。

紧挨着粪场的是队上的羊圈。岳道远第一天去粪场上工，李有顺见了跟他打招呼，哈哈，工人阶级，咱们是一个系统呢，直属队部管理。

此时还是天寒地冻，整个冬天积攒下来的粪堆依然冻着，但阳光不错，正是倒粪晒粪的好时节。有几个粪场的社员在倒粪。用镐一刨，粪土四溅，一不小心还会绷到嘴里，但看上去并不恶心，社员们呸上一口，吐出粪沫，照样有说有笑。

大粪堆的一旁，垛着一排晒好的粪干儿，就像砖厂的砖垛一样，码得很整齐，同时也成了与羊圈的隔墙。李有顺喂完了羊，从粪垛那边转过来，抽着小烟袋跟他们说话。他向他们介绍岳道远是工人阶级，红灯闪闪放光芒。之后嘲笑粪场的小张三，上次让城里清洁队追得屁滚尿流了吧？若是遇到我，倒回头来用大粪泼他一身，泼得他分不出东西南北中！

小张三不服气，说是，操，还倒回头来呢，来得及吗？你个老顺子也就是嘴硬，若是让你遇到，你跑得比谁都快！

李有顺说，其实咱跟他们是一个系统，只是身份不同，但都是人民的勤务员，啊，勤务员跟勤务员打什么架？就像刘少奇主席说时传祥，你淘大粪是人民的勤务员，我当主席也是人民的勤务员，只是革命分工不同，嗯。

小张三说，时传祥是谁？咱不知道！

李有顺说，老笨又吧你？广播上天天宣传，你不知道？他还是咱老乡呢，家是黄河北齐河的，当初把人家逼走了，现在看人家出名了，又颠儿颠儿地去巴结人家，请人家回来做报告，人家说，我不识字，就会淘大粪，不会做报告，没啰啰儿！

老岳问他，你说的这个准吗？

李有顺说，应该准吧？谁闲着没事儿拿时传祥编故事玩儿呀？咱又不认识他。

两天之后，老岳去附近城区清洁队交涉合作淘厕所事宜，就带着李有顺去了。

李有顺说，咱跟人家不认不识的，堂而皇之地去找人家，人家啰啰咱吗？从大队开封介绍信吧？

老岳说，不用，到时候看情况再说吧！

但李有顺还是从家里带了一包用荷叶包着的蛤拉油子。

不想还挺顺利，没等李有顺跟他们啰啰时传祥，人家就答应了。其实人家并不在乎你去淘厕所，这是件好事儿，你搞了积肥，人家还减少了工作量。关键是你别偷，一偷就会手忙脚乱不从容，弄得厕所里里外外的到处都是粪便，还哩哩啦啦一路子，市民见了不骂八里洼，而是骂清洁队，让人家背黑锅。

哎，挺痛快！

回来的路上，李有顺说，还是工人阶级有面子呀，其实村里以前也跟他们联系过，但人家不同意，要钱！

老岳就说，可能他们也在学时传祥吧，估计你那包蛤拉油子也起作用了，伸手不打笑脸人嘛是吧！

李有顺说，嗯，那个同志态度还是比较和蔼，也没牛皮烘烘放光芒，说话有点小水平，还手忙脚乱不从容，得是个科长一级吧？

老岳说，一个淘大粪的小领班，哪能是什么科级！

李有顺对岳道远办的这事儿挺佩服，此后跟人说是，一级有一级的水平啊，咱八里洼的人办事就会偷偷摸摸，好事儿也办得不从容，哎，岳大叔一出面，解决了，成了宁肯一人臭，换来万家净！

多年之后，作家林雨在听到李有顺说这件事情时，还查到了一条相关的链接：

时传祥出生在山东齐河一个贫苦农民家庭。他14岁逃荒流落到北京城郊，受生活所迫当了淘粪工。在旧中国，淘粪工不仅受到社会的歧视，还要受行业内部一些恶势力的压榨和盘剥。时传祥在这些粪霸手下一干就是20年，受尽了压迫与欺凌。新中国成立后，国家给了他做人的尊严，工人阶级当家做主使他扬眉吐气，他对党充满感激。他用一颗朴实的心记住了一个通俗的道理：淘粪也是社会主义建设事业的一部分。他把淘粪当成十分光荣的劳动，以身作则，以苦为乐，不分分内分外，任劳任怨，满腔热情，全心全意为人民服务。

1952年，他加入了北京市东城区清洁队，继续从事城市清洁工作。此时，北京市人民政府为了体现对清洁工人劳动的尊重，不仅规定他们的工资高于别的行业，而且想办法减轻淘粪工人的劳动强度，把过去送粪的轱辘车全部换成汽车。运输工具改善之后，时传祥合理计算工时，挖掘潜力，把过去7个人一班的大班，改为5个人一班的小班。他带领全班由过去每人每班背50桶增加到80桶，他自己则每班背90桶，最多每班淘粪背粪达5吨。管区内居民享受到了清洁优美的环境，而他背粪的右肩却磨出了一层厚厚的老茧，因而赢得了人们的普遍尊敬，也赢得了很多荣誉。

宁肯一人臭，换来万家净。1959年10月29日，《人民日报》刊登了国家主席刘少奇与时传祥的合影。刘少奇握着他的手，亲切地说："我们都要好好地为人民服务。你当清洁工是人民的勤务员，我当主席也是人民的勤务员。这只是革命的分工不同，都是革命事业中不可缺少的一部分。"刘少奇得知他没有文化时，还特意送给他一支钢笔，鼓励他好好学文化。时传祥激动地说："我已经干了 30 年的淘粪工，只要党需要，我还要再干它 30 年、60 年！党需要我干到什么时候，我就干到什么时候。"

1966 年"文革"期间，时传祥惨遭迫害，被诬为"工贼"。1971年被遣送回原籍。1975 年 5 月 19 日被"四人帮"迫害致死；1978 年 6 月 30 日平反昭雪。为弘扬时传祥"宁愿一人脏，换来万家净"的毫不利己、专门利人的精神，经中共中央办公厅批准，在山东省齐河县建立"时传祥纪念馆"。

### 三、 工人阶级有情况

开春的时候，李有顺不上山放羊了，他将羊群赶到要播种的地里圈羊。所谓圈羊，就是让羊们在空地上撒欢嬉闹，吃喝拉撒，如此待上一两天，就等于是为菜地施了基肥，无须再另外施肥了。这块地差不多了，再挪一块地。

李有顺在空地上圈羊的时候，村里大人小孩的都去看。这时的李有顺脸上会格外有光，跨步格外高远，小鞭甩得震天响，还嘿咻嗨哟地乱喊一气。当然也会发生些公羊母羊追逐调情，甚至公羊们争风吃醋、抵角斗殴的事情。李有顺往往就会捡起一块坷垃扔过去，坷垃打到公羊的角上，溅起一团土雾。

八里洼的菜地都在大洼边上，羊们撒欢嬉闹累了，就到大洼边上饮水，当然也会边喝水边拉撒。岳道远的大女儿岳月从看热闹的人群中跑过来问他，哎，老顺子，你不是说领我捞蛤拉油子来吗？现在有了吗？

李有顺说，现在还没有，要到夏天才可以有，我告诉你个秘密，一般人我不告诉他，凡是羊拉过屎的地方，蛤拉油子肯定多！

岳月问他，蛤拉油子吃羊屎蛋儿？

李有顺说，不是直接吃，而是吃羊粪沤出来的些小虫虫，书上叫浮什么物来着。

岳月说，那也够恶心的，以后不吃了！

李有顺说，那你吃鱼吗？

岳月说，吃呀！

李有顺说，鱼也吃浮什么物……哦，想起来了，是浮游生物，再说它也不光吃那个，还吃泥土中的微生物和腐殖质，还有幼嫩水生植物、青苔什么的。

岳月说，呀，你个老顺子知道得可真多，知道原子弹，还知道浮游生物、腐殖质！

李有顺嘿嘿着，都是听说的，我比较注意听广播，小喇叭上就经常介绍这种农业小知识，哎，你怎么没去上学呀？

岳月的神情一下黯淡下来，不上了，家里供不起呀，我上过三年了，还是让妹妹上吧！

李有顺突然涌起一种同病相怜、惺惺相惜的感觉，遂安慰她说，不上不上吧，我也只上过四年小学，瞧你瘦的，以后好好吃饭，啊？吃得俏白白、大胖胖！

岳月脸红一下，笑了，还俏白白、大胖胖呢，咱哪有那福气！

李有顺说，等能捞蛤拉油子的时候，我帮你多捞点儿，那玩意儿富含蛋、蛋白质呢，吃了蛋白质，那还不俏白白、大胖胖？

岳月就说，那我可等着了！

再过几天，李有顺又到锦鸡岭放羊的时候，他在山上开了几块地，种了些花生、玉米，还栽了几棵扁豆、南瓜什么的。

岳月有时到锦鸡岭上挖野菜，李有顺看见，老远地就跟她打招呼。两人俯瞰着山下的"丹"字形，在那里指指点点，这边是南郊，那边是五里河、六里河，再过去就是军区大院了。他还让她看他的自留地，说这是符合当前政策的，叫房前屋后，种瓜点豆；田边地头，种菜打油嘛，啊！

岳月说，田边地头，怎么个打油法？

李有顺说，就是种植油料作物，比方芝麻、花生之类，还有一条叫自开自留，谁种谁收！

岳月挺佩服，说是这么点毛孩子就懂政策了，还鼓捣自留地。

李有顺就说，要不怎么叫七级工、八级工，赶不上老百姓一沟葱呢，叫这个政策一实行，农民表示很欢迎，当前形势比较好，群众开始有点饱，当叮个当叮个当叮当。

岳月咯咯地就笑了，这两句楞赛（方言：很好。楞，很的意思），当前形势比较好，群众开始有点饱，比那个东风压倒西风并继续压倒西风什么的好懂。

李有顺很快就又编了一段：工人阶级有情况，具体的事由还不详；来了一位老同事，畏畏缩缩要进庄；岳大叔一见迎上去，又怒斥来又推搡，别再让我看见你，下次再来就够你呛！那人扔下一个小网兜，垂头丧气离了庄……当叮个当叮个当叮当！

具体是这么个情况：这天李有顺在锦鸡岭上放羊，照例地俯视着八里洼的一进一出、一动一静。就见从城里过来一个骑自行车的人，穿着铁路上的那种工作服，到了村头却犹犹豫豫地停下了。他独自蹲在路边抽了一会儿烟。不大一会儿，岳道远从村里出来了，兴许是他在粪场上看见了并且认识？两人情绪激动地说了一会儿话，那人即从自行车的车把上解下一个网兜儿，欲递给岳道远，老岳不接，三推两让，就吵起来了。李有顺赶紧窜下山，欲助岳道远一臂之力，至少拉拉偏架什么的。还没等到他靠近，就听岳道远吼了一声：滚，永远别让我再看见你！那人竟乖乖地骑上自行车窜了。李有顺多少有点不过瘾，没帮上忙。

下次再在山上看见岳月，他问起此事儿，岳月说，你没认错人吧，真的是我爸？

李有顺说，那怎么可能认错，我还跑下去想帮岳大叔的忙来着，可惜没帮上。

岳月就说，要是真像你说的，我估计那人是爸爸原来单位上的炊事员，我以前见过他俩吵架来着，其实我也愣纳闷，那人原来跟我家不错的，我每次去打饭给我的特别多，后来不知道怎么就跟我爸不对付了，大人的事情咱也不敢问。

李有顺就说，那人看着就不是什么好东西，他再来，狗腿不给他砸断的！一个庄上的人，还是要有点集体主义精神，啊，别让城里熊孩子给欺负了。

过会儿，岳月不好意思地说，顺子哥，求你件事儿行吗？

李有顺说，行，你说吧。

岳月说，这事儿你可别在庄上传呀！

李有顺说，操，这有什么好传的？庄上打架的多了，谁没事儿啰啰这个玩儿呀！

岳月就说，谢谢你呀顺子哥。

李有顺说，一个庄上住着，谁家还没点窝心事儿？他为了让她放心，也把自己家里的事情跟她透露了一点。他说，我家弟兄四个你知道吧？我排行老三，大哥早就分家自己过了，可大嫂还经常过来偷东西，那是个又馋又懒的家伙，有一次她来我家掏鸡窝，让我遇见了，手里正拿着两个鸡蛋，看见我就说是我侄女想吃鸡蛋了，过来看看！屁！有人的时候她不过来看看，没人的时候她过来看看！之后她让我别跟家里人说，我就至今谁也没说，我爹妈也不知道，家丑不可外扬嘛是吧？

一上午，岳月的小表情始终黯黯的。他为了让她高兴一点，在那里没话找话说，城里的电影院开始放《达吉和她的父亲》了，看得人眼泪哗哗的！

岳月这才高兴了一点，呀，你怎么知道？

李有顺笑笑，是宋老师说的呢，就是说武老二的那个，闲言碎语不要讲，表一表好汉武二郎嘛，啊！

岳月说，怎么还看得眼泪哗哗的呀？

李有顺说，当然是感动的了，具体怎么个精神，我也不知道，找机会咱也去看看吧？

岳月说，哪有钱买票呀！

李有顺说，咳，买什么票，军区大院经常放电影，找"武老二"把咱带进去，这点面子他还是肯给的，他也吃过我的蛤拉油子呢！

岳月兴致勃勃的，呀，好呀，到时咱也去感动它一回！

李有顺嘻嘻着，你喜欢说"呀"是吗？听着楞好听！

岳月笑笑，口头语呗，你喜欢听我就天天说，呀、呀——

李有顺说，你的嗓子也不错，唱歌肯定不难听。

岳月说，当然呀，我还在铁路俱乐部唱过歌呢！

李有顺说，怪不得呢！之后就学她，呀——

岳月也嘻嘻着，呀——

随后两人喊起来了，呀——呀——

羊们听见他俩呀呀的喊声，一个个也叫了起来，咩、咩——

没过几天，两人还真去军区大院看了那个电影《达吉和她的父亲》，也确实看得眼泪哗哗的。

看完了，岳月回家学给爹妈听。说是50年代末，一个支援公社建设水库的工程队来到四川凉山彝族区尼古拉达人民公社。公社社长马赫为工程队举行欢迎会，女儿达吉在欢迎会上表演歌舞。工程队的老技师任秉清看到达吉回忆起往事：十几年前，他的女儿被奴隶主抢走，虽然百般寻找，却都空手而归。随后，任秉清仔细观察，认出达吉原来就是他的女儿，但他怕让马赫遭受失去亲人的痛苦，不忍心将达吉认走。马赫后来得知此事，内心很痛苦，怕失去亲如骨肉的达吉，但又非常理解任秉清的感情，最终还是叫达吉去认自己的亲生父亲。达吉惊讶万分，同时又非常矛盾。马赫认为应该让女儿达吉陪伴照顾年过半百的任秉清，任秉清却觉得女儿达吉跟马赫生活多年，不应离开他家。最后，任秉清决定到凉山落户，和达吉、马赫一起生活，共同建设社会主义新凉山。

岳月学得不全，但故事的梗概是这么个梗概，精神就这么个精神。

她妈听了直说，是吗、是吗？是真事儿吧？

岳道远则一直没吭声。

待村上也放这个电影的时候，岳月的爹妈也都看得眼泪哗哗的。

多年之后，作家林雨听李有顺说起当年看电影《达吉和她的父亲》的事，还从有关资料上查到两个小花絮：

一是一家之言的故事。1961 年文化部在北京新侨饭店召开电影创作会议，周恩来总理在会上讲话时提到：感谢上海的同志，你们让我看电影《达吉和她的父亲》，我看了，小说和电影我都看了，这是一个好作品，可有一个框子定在那里。小说写到汉族老人找到女儿要回女儿，有人便说这是人性论。赵丹和黄宗英看电影时流了泪，我看电影时也几乎要流泪，但没有流下来，导演在那个地方不敢放开手。我不是批评王家乙，而是说这里有框子。父女相会哭出来就是人性论，于是导演就不敢让他们哭，一切都套上人性论，不好。

会议期间，周恩来和与会者一起游览香山，赵丹找到周总理，跟他讨论电影好还是小说好的问题。赵丹讲，总理说电影比小说好，我不同意，我看还是小说好。周恩来说，电影的时代感比较强，场景选择得更广阔。赵丹说，那不过是电影这种综合艺术的表现手段比小说丰富罢了。两人各抒己见、相持不下，赵丹坚持说，总理，我保留我的意见，觉得小说就是比电影好。周恩来偏过头来，用既亲切又不示弱的语气说，你完全可以保留你的意见，我也可以坚持我的意见，你赵丹是一家之言，我周恩来也是一家之言嘛！周围的人被他俩的认真劲儿逗笑了。

二是著名曲作家雷蕾7岁的时候，被《达吉和她的父亲》的导演选中，让她扮演了影片中的小达吉，而雷蕾的父亲雷振邦就是该片的作曲。有意思的是，影片中小达吉的养父、彝族马赫老爹的扮演者20年之后竟成了雷蕾的红娘。经他牵线，雷蕾与她的丈夫相识、相爱并成婚。

你说赛（方言：好，棒，有意思）吧？

## 四、 有一件事情不好言讲

八里洼的水洼可以捞蛤拉油子的时候，李有顺还真没食言，一大早天还不亮，就领着岳月提着那个信号灯去捞那玩意儿。两人蹑手蹑脚地来到洼边草丛里，直接就用笊篱捞，李有顺伏在岳月的耳边说，怎么样，不骗你吧？羊喝水拉屎的地方蛤拉油子肯定多！

岳月的声音有点哆嗦，呀，还真、真是！

李有顺悄声问她，你冷吗？

岳月说，不冷，就是楞紧张，心里怦怦的。

李有顺说，我也是，就像天上掉下个大馅饼，别让人家抢去了，哎，你别捞了，给我照着亮就行。

岳月蹲在旁边，举着信号灯，仍然哆里哆嗦，捡这个犯法吧？

李有顺说，犯什么法？

岳月说，咱怎么像偷、偷东西的呀！

李有顺想起那句手忙脚乱不从容的话，说是，要是大鸣大放、咋天呼地捞，哪还有咱的份儿呀，那些私孩子早给你捞光了！

捞上一小桶，两人平均分开，就各自回家了。

其实庄上捞那玩意儿的并不多，个别也有去捞的，但都捞得很少；有的则嫌不卫生，并不捞那玩意儿。就像如今餐桌上的黑鱼、泥鳅之类，当年并没有多少人吃，都不认。

再过些日子，李有顺山上的那几块小自留地的玉米结籽了，岳月再到山上去的时候，两人在那里烧玉米吃。岳月说，你种了玉米怎么不拿回家跟大人一起吃呀？

李有顺说，男人嘛，总得要有一点小储备是吗？再说这是我个人的小自留地，谁也不知道，一拿回家反倒暴露目标了。

岳月就说，嗯，你楞像个小大人儿，谢谢你呀顺子哥。

李有顺就说，甭谢，咱们谁跟谁呀，是吧？哎，我问你个事儿呀岳月，你说咱俩算青梅竹马吧？

岳月说，青梅竹马是啥？我怎么不懂呢？你说的好多话，我都不懂；像浮游生物、东风压倒西风什么的，我都不懂。

李有顺就说，嗯，是年龄的原因，你再长大点就懂了。之后就又说一遍，你好好吃东西，啊，吃得俏白白、大胖胖。

两人在那里啃玉米，闲拉呱的时候，几只羊围着他俩嗅来嗅去。李有顺摸着一只小绵羊，告诉岳月，它叫小白，那只叫老黑，远处那只叫武大郎。

岳月就笑了，呀，都有名字呀，还武大郎呢！

李有顺说，是呀，你看那只熊山羊，整天猴猴着个脸，脏兮兮的，是不是有点像武大郎？还净想小白的好事儿呢！

岳月问，什么好事儿？

李有顺说，哦，你还小，不懂！哎，你最小的那个妹妹是叫艾艾来吧，另外的两个叫什么呢？

岳月就告诉他，老二叫小玲，老三叫小敏。

李有顺笑笑，一个灵，一个敏，还有一定的灵敏性哩。

岳月说，什么你都能啰啰得一套一套的，不是灵敏的灵，是玲珑的玲！

李有顺嘿嘿着，噢，是这么个玲，说到玲珑，咱说一个玲珑塔玩儿吧？

岳月说：好呀，说吧！

李有顺就开始说起来：高高山上一老僧，身穿衲头几千层。若问老僧年高迈？曾记得黄河九澄清。五百年前清一澄，总共是四千五百冬。老僧收了八个徒弟，八个弟子都有法名。大徒弟名字就叫青头楞，二徒弟名叫楞头青。三徒弟名字就叫僧三点，四徒弟名字就叫作点三僧。五徒弟名叫蹦葫芦把儿，六徒弟名叫把儿葫芦蹦。七徒弟名叫随风倒，八徒弟名字就叫作倒随风。老师傅教给他们八宗艺，八仙过海，各显其能……

岳月惊奇地呀了一声，我真服了你了顺子哥，是那个武老二教你的吧？怎么记住的哩！

李有顺有点小得意，是武老二宋老师教的不假，这是基本功呢，不过比较好记，里面也有一定的逻辑性，啊，老长了，下边还有呢，你听：青头楞会打磬，楞头青会撞钟。僧三点会吹管，点三僧会捧笙。蹦葫芦把儿会打鼓，把儿葫芦蹦会念经。随风倒他会扫地，这个倒随风他会点灯。老师傅叫他们换上一换，不知道换成换不成……

岳月仍在那里惊讶着，你记性这么好，不上学真是可惜了的。

李有顺说，我说这个还行，上学就没戏了！

岳月在那里嘿嘿着学说，大徒弟名字就叫青头楞，二徒弟名叫楞头青，老三名字叫顺有李，老四就叫李有顺……

李有顺说，行啊，岳月，这就叫那个逻辑性，反过来正过去地说就行了，挺好记是吧？啊——这个夏天真美妙，心里头还有点小骄傲哩——

说完了，两人又在那里嘿嘿地笑；笑够了，岳月对那个青梅竹马，开始有点小理解、小感觉了。

若不是此后发生了一点小事故，李有顺肯定觉得这个夏天会更美妙。

多年之后，李有顺仍然百思不得其解，那只不起眼儿的公山羊"武大郎"，怎么就会来那么一下子！那天傍晚，李有顺收工回村，赶羊进圈，待到老槐树那里，看见老岳正拾掇着工具要收工，刚要给他打招呼，就见老岳忽地窜到了老槐树下……李有顺马上意识到，大树底下有东西！但羊群堵着，看不见。那边厢老岳刚蹲下，不想"武大郎"朝着他低着个脑袋、顶着双羊角就冲过去了！隐约看见老岳抱起了个孩子——是小艾艾在树底下玩儿来着，可没等站稳，一只尖尖的羊角刺透他的裤子，又贴着他的腿骨划过，裤腿挂在羊角上，将老岳一下给拽倒了，鲜血直流，小艾艾则哇哇大哭……

老岳当时还挺沉着，撕开裤子，又抽下自己的腰带将腿弯儿处扎起来，之后让惊慌失措的李有顺把艾艾送回家，自己挪着去了卫生所。

李有顺急忙送完孩子，约了几个人，连同岳月，拉着地排车追上岳道远，将他送到了紧挨着八里洼的南区卫生所。医生一看，是一道又深又长的血口子，当即缝了六针。李有顺哭了：对不起呀大叔——

老岳还安慰他，小事一桩呀，又没怨你！

老岳回到家，村上熟悉的人，都提着鸡蛋挂面的去看他。村支书李振村让人把那只羊宰了，之后喊着李有顺，提溜着羊肉一起去给他赔罪，并让他补一补。

后来，有几个闲得难受的人给李有顺编排了一个段子，说他和小母羊有一腿，才惹得公山羊发了疯。没承想谣言竟像长了腿儿，没多久，李有顺就抬不起头来了。

李有顺最感到灰溜溜的时候，倒是他最崇拜的那个武老二宋洪烈给了他一定的精神安慰。

武老二说，哈哈，这不是什么大事儿。

李有顺说，关键是压根儿就没有的事儿。

武老二说，你说的我信。你多大来着？

李有顺嘟囔着，十三，快十四了！

武老二说，噢，快十四了呀，这个年龄段对生理卫生方面的知识应该比较好奇，但我相信你这个同志是好同志，心眼儿不错，喜欢帮助人；也比较聪明，学什么像什么，你刚才说快十四了是吧？

李有顺嗯了一声，武老二就说，好呀，好，好好锻炼身体，啊？再过几年当兵去吧！

李有顺一下兴奋起来，巴不得的，好！我怎么就没想到呢，谢谢宋老师，到时您可得多给我说好话呀！

武老二说，没问题呀，能说得上话我当然要说，哎，小顺子呀，以后你别管我叫老师好吗？我们这个行当，叫老师是要拜师的，要有一定的程序，还要有拜师仪式什么的，我跟高元钧老师就是正式拜过师的。

李有顺说，您的意思是要我搞个拜师仪式吗？

武老二说，我不是这个意思，完全不是，啊，我只是希望你不要到处说你是我的学生，这一方面是你还没入行，另一方面是我还没到收徒弟的份儿上，你一说是我的学生，好像我真收了个徒弟似的，传出去不好，明白吗？

李有顺从武老二家出来，心里仍然有点不踏实。此前叫他老师他怎么不说拜师仪式什么的？现在无非说我是他的学生，丢了他的人呗！

让他稍稍心安一点的是，老小子出了个让他再过几年去当兵的点子，才觉得对生活有了点盼头儿。

若干年后，李有顺给作家林雨说这件事情的时候，说是这事儿对他影响真的是太大了，最要命的是，岳月也始终半信半疑；多年之后，当他向岳月求婚的时候，岳月竟然还提这件事儿，你说木乱吧？

那一段林雨正迷梅派演员李胜素，每天都要听上那么一段。这天，他刚好听了李艳妃坐昭阳自思自想，想起了老王爷好不惨伤，耳边厢又听得朝靴响亮，想必是徐杨进了昭阳，有一句话儿不好言讲，我只得怀抱太子两泪汪汪……他遂跟李有顺说，嘿嘿，这一件小事情也不好言讲呢，你只能搁心里自我疗伤。好在你跟岳月终成眷属，顶多是追求上费些周章。

## 五、 红灯闪闪放光芒

那棵老槐树的枝条上出现了第一根红布条，是岳道远系的。人们分析着老岳自己的腿被羊角穿了条又深又长的血口子，却仍然在老槐树上系红布条，肯定还是觉得庆幸，尽管受了点皮肉之苦，可换来了艾艾的安然无恙；就又感慨一番，老岳这人厚道呀，疼孩子呀……

李有顺也到粪场干活去了。他整个像变了个人，一下沉默了许多，也长大了许多。他看到了那根红布条，也看到老岳走路并无妨碍，对他仍一如既往。遂又编了几句话，叫工人阶级有肚量，并无半点鸡肚肠；厚道宽容又仁爱，又是一个时传祥，当叮——他想再叮当几声来着，可没说出来，搁心里了。

李有顺很快就感觉出，一不上山放羊了，对八里洼及周边的情况观察得少了，村里的许多事情还真就两眼一抹黑，什么也不知道了。当然他也懒得去打听、去知道了。这一方面是他仍然灰溜溜的，少了诸多的心绪与兴趣；另一方面是他惦着那个再过几年去当兵的事情，开始注意好好表现自己，同时注意锻炼身体。他在粪场上干活，往往都是第一个上工，最后一个收工；瞅瞅四周没人的时候，就搂那棵老槐树，一边搂还一边嘟囔：槐树王、槐树王，你长粗来我长长！你当槐王做好事儿，董永七仙女你当红娘；再过几年我去当兵，还靠您老来帮忙……

此后的几年里，八里洼发生了许多事情，比方，八里洼的标志性景物——大洼的水彻底干了，干了就再也没能恢复得起来，完全成了一片旱田；先是种上了蔬菜，后来就逐步盖上了房子，这中间具体怎么个情况，他就不甚了了。再比方，后来发生了"文革"，村里形成了两派，一是坐地户派，二是外来户派，还夺权弄景，具体怎么闹的，他也不甚清楚。多年之后，他在酒席桌上遇到一位当年去八里洼煽风点火的大学生，后来成了"三种人儿"，再后来又成了书法家的人，说起话来，那人说是，哦，八里洼呀，那可是典型的灯下黑，真正的脏乱差，你永远想不到那地方离城区这么近，怎么就会那么落后，识字的不多，任何事情都是一问三不知；村外一个大坑，臭鱼烂虾、死猫烂耗子，纯是一个垃圾场，考虑到"文革"不能有死角，我们才去煽风点火的，可去那里一看，根本就没戏呀，你半天都不想待！还本次运动的重点是整那些走资本主义道路的当权派呢，哪有这样的资本主义，整整脏乱差嘛还差不多！哎，那个村支书始终没倒吧？关键是外来户们不团结，各怀鬼胎，在人家的一亩三分地儿上闹革命，缺乏底气。那么个脏乱差的地方，听说现在成肥肉了呀，哈哈，还是本市最后一块肥肉！

当然，该书法家的话也没大有准儿，他在胡吹海榜、吹牛扯淡方面，跟那个武老二宋洪烈应该有一拼，不分伯仲、各有所长。他说的前边这些还有点影儿，李有顺多少还有点印象：村上确实形成了坐地户和外来户两派，但界限并不分明。比方有人给李振村写大字报，说他整天在那里吃老本，过着不劳而获的日子，武老二宋洪烈的家属算外来户吧？他就说，李振村这样的同志，应该天天住好的，吃好的，看看他现在住的什么房子？是干打垒的趴趴屋吧？吃的什么玩意儿？那还叫饭吗？有一句戏词叫，他出身雇农本质好，从小在生死线上受煎熬，满怀着深仇把救星找，找到了共产党走上革命的路一条……共产主义的好日子应该让他们先过上。宋洪烈穿着军装，站在老槐树下的石台上，慷慨激昂地说出这番话来，当然就有些震慑力。尽管时间不长他自己也被打倒并被处理回原籍了；但他当时还没倒，仍然一颗红星头上戴，革命的红旗挂两边。

岳道远也没参加任何活动。据说，他原单位来人让他回去参加一个叫"火车头战斗队"的组织，以被下放、受迫害的名义回去造走资派的反，争取重新调回原单位——而那一批被下放的人当中确实已经有回去了的，他也没有为之所动，说是自己自愿下放的，与铁路上的当权派无关，八里洼的事情就更不会掺和。

按说，以李有顺原来特别能关心国家大事的性格和爱好，"文革"来了，他应该有所动作，但他仍然没从小母羊的阴影中走出来，心中惴惴，还时刻担心有谁贴他的大字报，他还自我归类，若是批斗他的话，可能会把他划到"地富反坏"中的第四类去，赶不上其他类别好听什么的，也就一直没敢动弹。

李振村确实也就始终没倒，成立了革委会，也依然当着村支书。

但该书法家后边的话比方他说的有个厂名的来历就不太有准儿。他说，来投资的外商××先生，跟该厂一个叫李娜的副总有一腿，才起名叫李娜什么什么的了。

酒桌上有人说太离谱。

该书法家说，有一个词儿叫婀娜多姿，应该怎么读？你不能读成啊哪多姿吧？啊？这个李娜我是见过的，有一次，他们请我去写字，她还陪我吃饭来着，连干三杯，哈哈，确实还是比较的有风韵，也豪爽。

有鼻子有眼儿，你能不信？

李有顺后来跟作家林雨说起这事儿，林雨就笑了，哦，你是说的李学颜吧？他说的这事儿不但没准儿，而且没影儿，他说的话，你可以相信百分之四十上下或左右。

李有顺仍然不得要领，那人看上去楞有风度的，他能瞎编？没影的事儿，会编得这么具体？还说李娜陪他吃饭，连干三杯什么的！

林雨说，可能在别的地方，比方夜总会什么的，有一个叫李娜的陪他连干过三杯，若真有人追究，他说喝醉了，记混了，你能怎么他？他又没什么绯闻可捏造，那就编个细节抬高一下自己呗！

李有顺就说，文艺界还这样儿呀！

林雨就说，当然不全是这样儿，他也只是编个细节抬高自己，并没造个谣言攻击他人，相形之下，还算不坏吧？啊？他基本上还是个好人；另外，这个李学颜的字儿还是不错的，你听他的名字，学颜，就是学颜真卿，他的字特别适合做牌匾，像"半山坡孙二娘酒家"就是他写的，看上去不错吧，还有点野性是不是？

当然这是后话了。

用林雨的话说，李有顺那几年一为小母羊所困，二为小岳月所惑，既不上山俯瞰全村，也没心绪总览全局，村上的好多事情他不知道，也在情理之中。

那几年，李有顺印象最深的当然是他自己参军的过程。应该说，他对此事是蓄谋日久，如愿以偿，完全靠的是他自己的努力。那是"文革"后第一次征兵，所有的大学都不招生，好青年全都拥过来了，真的是报名踊跃，竞争激烈。李有顺学历不高，但有准备，小身体锻炼得棒棒的，个子虽不高，却很结实，重要的是他有特长，会说山东

快书，而且经过了高人指点。此时的那个武老二宋洪烈虽然因宣传
"封资修"，是曲艺界的黑苗子，连同他悄悄将老婆户口落到八里洼，
被处理回原籍了，但他的老师高元钧没倒，仍然活跃在部队舞台上。
那位说了，一个流派的代表性人物，怎么老师没倒，他的学生倒了？
哎，这就是文化背景的差异，掌握政策尺度的不同。他跟老师不在一
个军区，宋洪烈倒的时候，高元钧的日子也不好过，但人家只是在文
工团当了炊事员，并没被处理回家，下部队的时候，还让他跟着，做
点舞台服务工作。演出的时候，下边的战士听说他来了，往往要咋
呼，武老二，来一个！来一个，武老二！领导也会默许让他上台说一
段。故而征兵的人只知高元钧而不知宋洪烈，李有顺给他们来了一段
全套的《武松打虎》，就把他们全给征服了。

政审就更没问题。李振村还为他将来的成长进步做了一个重要的
铺垫。李振村专门开了一个党员会，村上五六个党员，全都到场了。
他问大队会计，咱们几年不发展党员了？

会计说，"四清"那年发展过一次呢，此后就再没发展！

李振村说，噢，那就是六四年，那也有四五年了，怪不得群众对
我有意见呢！这次有顺参军，是一人当兵、全家光荣，不仅是他全家
光荣了，咱八里洼全村都光荣；我看这孩子不错，根正苗红、吃苦耐
劳，对毛主席的忠诚更是没得说，发展他入党，有利于他将来进步，
入了就走了，也不占村上的名额，大伙研究一下，看他合不合格？老
岳你先说说！

哦，李有顺那次也才知道，岳道远还是共产党员哩！老岳说，这
孩子为人不错，心地善良，乐于助人，我来八里洼的当天晚上，人生
地不熟的，他还带了一包蛤拉油子来看我，当时他才十二三吧，你说
这么点的孩子，怎么就会有那么一副热心肠，我还怪感动哩！平时对
人有礼有貌，来粪场上干活，也总是第一个上工，最后一个下工，没
说的，我同意。

另外的党员，见老支书跟岳道远都同意，更没说的，一致通过。

李振村又说，我看发展一回党员，别只发展有顺一个，这样容易
给人话把儿，只发展本家的又是坐地户什么的；发展党员，既讲标
准，也要讲五湖四海，是五湖四海吧？

会计说，五湖四海对，我们都是来自五湖四海嘛！

李振村接着说，嗯，再看看别的社员有没有够标准的，哎，那个

写大字报说我几年不发展党员的同志，要求过入党吧？

会计说，那人还真没提过，倒是小张三跟我提过几次，还写过入党申请书。

李振村说，那就再研究研究他看看。

一研究，也一致通过！

之后，那会计连夜填表盖公章，让李有顺补写入党申请书，再找介绍人摁手印，这么的，办了。

多年之后，小张三当了村支书，他跟李有顺说，当年跟你一起入党，其实是沾了你的光，把我搭配进来了。

李有顺不悦，说是你怎么这么说？你不是按正常的组织手续，由党员大会通过的？想入党的多了，怎么没搭配别人？

小张三说，我没有恶意，我是说如果你不是参军入伍马上走，我不可能跟着连夜入党，又不是战争年代！

李有顺说，你那个搭配的说法，让人听着楞不舒服知道吧？

接到入伍通知书的那几天，李有顺最想做的一件事还是想跟岳月见见、谈谈，以后建立通信联系。

此时的岳月虽然还不至于俏白白、大胖胖，但已是有模有样了。她小时候个子就不矮，如今更是亭亭玉立，身材姣好，跟李有顺站在一起好像还略高一点。这天两人在槐树底下相遇，岳月问他，顺子哥要去当兵了呀，听说还入了党，出息了呀！

李有顺嘿嘿着，大伙照顾呗！

岳月说，当了兵，可别瞧不起咱老百姓了呀！

李有顺说，哪能呢，哎，你晚上有事儿吗？咱们聊聊呀？

岳月答应得挺痛快，好呀，我正好也有事儿想请教你呢！去哪呢？

李有顺吭吭哧哧地说，要不就再去锦、锦鸡岭？

岳月说，呀，锦鸡岭呀，好！

这天傍晚两人就又去了锦鸡岭，岳月还拿着那个信号灯。

两人坐在那里回忆了她家来八里洼的第一天晚上，他去她家送蛤拉油子，后来又一起捞蛤拉油子，一起看《达吉和她的父亲》，一起在山上吃烤玉米的往事，岳月说，你曾问过我一句话，还有印象吧顺子哥？

李有顺说，咱们说话多了，不知你是指哪一句！

岳月说，你问我咱俩算青梅竹马吧？

李有顺说，嗯，有的，我问过！

岳月说，其实我当时似懂非懂，我还以为是个不好的词儿来着，后来查了查字典，是说天真无邪、亲密无间的意思，是个好词儿，我现在回答你，我觉得咱们应该算青梅竹马的，这样说可以吗？

李有顺突然意识到，岳月对青梅竹马的理解，可能跟自己的领会不完全相同，他觉得里面似乎还有更多一点的意思，但她这么一说，还是觉得有点小温馨，遂说谢谢你呀岳月！

岳月说，一个天真无邪、亲密无间有什么好谢的？

李有顺说，我是谢谢你还记着这句话，哎，你上午说，有事儿要请教我，是什么事儿呀？

岳月就告诉他，区里要成立宣传队了，我想报名参加，你觉得有戏吗？

李有顺说，好呀，你要嗓子有嗓子，要模样儿有模样儿，怎么会没戏？我看完全可以！还要考试吧？你准备唱什么呢？

岳月说，没说要考，只是说看看，我觉得这个看看还是有点考的意思！

李有顺说，那你准备了什么节目呢？

岳月说，我想唱个李铁梅，你听听看看行吧？

李有顺嘻嘻着，怪不得拿着信号灯呢，敢情是有所准备呀！

岳月说声讨厌呀你，即将那个信号灯点着了，点的应该是石蜡。之后就比画着唱起来：爹爹给我无价宝，光辉照儿永向前，爹爹的品德传给我，儿脚跟站稳如磐石坚，爹爹的智慧传给我，儿心明眼亮永不受欺瞒，爹爹的胆量传给我，儿敢与豺狼虎豹来周旋，家传的红灯有一盏，爹爹呀，你的财宝车儿载船儿装，千车也载不尽万船也装不完，铁梅我定要把它好好保留在身边——

她这一唱，让李有顺吃惊不小，行啊岳月，你什么时候学的呀？我看跟刘长瑜唱的不差半分毫哩！

岳月笑笑，你拉倒吧，还不差半分毫呢，你多提提缺点！

李有顺说，真的，我就会说武老二，不会唱戏，说不出什么来，总之是比我预想得要好；我是觉得这个唱段你选得不错，一般人都会选那个"都有一颗红亮的心"，唱得多了，不容易显出水平来；你选这一段，会唱的不多，还容易唱出感情，特别那句家传的红灯有一盏，也比较符合实际；我提个建议呀，不知唱之前，让你做一番自我介绍吧，如果可以，你就说说这盏红灯是你自己家的，你爸虽然不当铁路工人了，但还一直保留着。唱这个选段，也让你理解了红灯的意义，那就是定要把它好好保留在身边，做好革命接班人，你说行吧？

岳月说，好呀，你说的这个意思好，不过得先写下来，我背几遍才会说，这么上去就说，我不敢！

李有顺说，你把我刚才说的那几句记下来就行，也别啰啰长了！

岳月嘻嘻着，帮人帮到底，你就替我写下来行吧？

李有顺说，行，也没带笔，我回去写吧，明天给你！

岳月说，好，那可太谢谢你了！

李有顺说，哎，你今年多大了呀岳月？

岳月说，兵燎吧你，还没当官就先兵燎了呀，十六！

李有顺说，嗯，小大人儿似的，我还以为你十七八了哩！

岳月说，你是说我长得老吗？

李有顺说，不是老，是说你个子较高，给人一个女、女青年的感觉！

岳月说，本来嘛！寻思寻思，又拿信号灯照着他的脸，幽幽地说，我若真的像你说的十七八了，会怎样呀？

李有顺拿手遮挡一下，干吗呀岳月？

岳月嘿嘿着，看你脸红没有！

李有顺吭哧着说是，我也就这么一问，差、差别应该不大是吗？十六也不小了，年方二八一枝花，就是指你这个年龄吧！

岳月嘻嘻着，还年方二八一枝花呢，你怎么知道那么多词儿呀顺子哥？你不是说只上过四年小学吗？

李有顺说，过去跟那个武老二学段子，里面有些词儿开始不明白，不明白就问，慢慢的就记住了，你比方"玲珑塔"里面的那几句，若问老僧年高迈？曾记得黄河九澄清。五百年前清一澄，总共是四千五百冬。意思是说，你问老僧多大年纪呀，他曾记得黄河清过九次呢，五百年清一次，清了九次，多大？五九四千五，因此就有总共是四千五百冬，你说赛吧？属于民间艺术的东西，你不好用小学还是中学的水平来衡量的。

岳月说，噢，是这么个黄河九澄清呀，说不定到了部队上还得让你说武老二，跟那个宋洪烈似的！

李有顺说，我觉得不可能，又不是文艺兵！

过会儿，岳月又说，顺子哥，到了部队上，你一定要好好的呀！

李有顺说，我会的，你也要好好的，吃得俏白白……话没说完，岳月嘻嘻着接过话茬儿说是，你那么喜欢大胖胖吗？

李有顺说，倒不是真的发胖，是健健康康的意思吧！

岳月就说，其实我明白你的意思，这句话我也一直记着，我知道哥对我是真的关心体贴，无论发生什么事，我都不会怀疑你对我的好！

李有顺说，谢谢你能这么理解……

远处的高音喇叭里响起了"大海航行靠舵手"的声音，晚间新闻开始了。岳月的身子抖了一下，李有顺说，冷了是吗？咱们回去吧！岳月应了一声。两人遂约定以后加强通信联系，互相鼓励，共同进步，回村了。下山的时候，岳月提着信号灯在前面一甩一甩，灯光就那么一闪一闪，李有顺想起几句话：锦鸡岭上诉衷肠，青梅竹马待商量；相约共同来进步，红灯闪闪放光芒！

他回家给岳月写那段自我介绍的时候，就把这几句也写上了，还加了个小括弧：这几句不念，只放在心里。

多年之后，李有顺跟林雨说起第一次跟岳月约会的事儿，说连手也没碰一下，你信吧？

林雨说，我信！她一句"我若真的像你说的十七八了，会怎样呀？"就把你给问住了；我同时也相信，你当年跟那只小母羊确实没事儿，那是一桩无法平反的冤假错案。

李有顺就说，是呀，它都在我的心里形成阴影了，成心病了。

## 六、 白糖攻势

李振村的那个铺垫，很快就被证实确实对李有顺的成长进步起了关键作用。李有顺去黄河口当兵的第一年就当了炊事班长，第二年当了给养员，第三年便提了个司务长。

这期间，他与岳月的通信联系，应该非常密切了，因为李有顺提干之后，转过年头的春天第一次探家，带回一面袋子白糖，当天晚上就直接扛到岳月家去了。

此时，岳月已经不在区宣传队了。J城军地不乏各种专业文艺团体，京剧团也正红火着，他们自己编创演出的一个剧目还成了八个样板戏之一，并筹备着拍电影什么的，你一个区的业余宣传队很难冒尖的，说解散就解散了。她被安排到了城区的一个街道办的包装厂当临时工，当时正逢知识青年上山下乡，一个农村孩子能安排到城里干临时工，也足以让知青们眼热心羡了。

李有顺将一面袋子白糖扛到岳月家，往地上一蹾，把她全家吓了一跳，几个孩子忽地围上来，是什么呀？面粉？

李有顺满不在乎地，是白糖！你们都好吗？

一家人一起回应着，好呀，你回来了呀！之后就胖了瘦了进步了的寒暄一通。说起话来，岳道远对他一下子扛这么多白糖过来不放心，说是这么紧俏的东西，城里有票都买不到的，虽说当着司务长方便些，可也别违反了纪律！

岳月她妈也说，就是，也太多了，有三四十斤吧？这么贵的东西还能当饭吃？你家人多，还有些亲戚里道的，给他们都分分呗！

李有顺说，他们也都有，这白糖没什么问题，是我们军马场跟关系单位以物易物交换来的，你们就放心地吃、大胆地喝！说着，将那面袋子拆开，让岳月拿碗，给大家尝尝。岳月在那里冲糖水的时候，嗔怪他，回来也不打个电话！

李有顺笑笑，军线转地方电话楞麻烦，正好单位上有车来省城办事，就搭了个顺路车！

接着又问了一圈儿，他便知道，小玲、小敏已经不上学了，一是白搭，二是无用，只有艾艾还上着。

那几个孩子喝着糖水，咋呼着真甜、真甜，岳道远想起当年李有顺过来送蛤拉油子的情景，说是你说快吧顺子，那年你来送蛤拉油子，我就看出你心善、懂事儿，是个有出息的孩子，这才几年的事儿呀，如今都当军官了！你这次回来探亲，一定很忙，你看哪天有空，来家一块吃顿饭吧，把你振村大叔也叫着。

李有顺很爽快地就答应了，说哪天都行！

那几个孩子过年似的咋天呼地，先是议论以物易物是怎么个概念，李有顺解释过之后，就又议论白糖是好东西，《列宁在十月》里有一个镜头，是瓦西里去运粮食，回来饿晕了，列宁就让人冲一碗糖水给他喝，艾艾还学着列宁的口气说，一定要放糖——

岳月她妈插话说，别说那时候了，就是现在，谁家能天天喝糖水？公社一级的干部都办不到！

过会儿，孩子们估计也想起蛤拉油子的事情了，开始模仿当年的李有顺。小玲说：当前形势是怎么个精神？

小敏说，七级工、八级工，赶不上农民一沟葱嘛，啊，还有二亩地、一头牛，老婆孩子热炕头！

小艾艾没有印象，就咋呼一声，以物易物喽——

大伙儿哈地就笑了。

岳月她妈就又来一句，一个个没大没小的，木乱得慌吧？

岳月在灯影里一直默默地看着李有顺，心里热热的，寻思这家伙是用心了，成心让我不吃得俏白白、大胖胖不罢休呀！她同时也注意到，他比先前稍黑了点，也沉稳了些，不怎么揍势了。

李有顺心里也涌起一股说不出的温暖，有种一家人的感觉，简单冷清的屋子看起来充满了生气，有说有笑，有打有闹，家，就是这样的意义吧！而自己那个没有女人的家，缺少这种气氛。他仿佛也是第一次注意到，八里洼外来户的孩子，跟土生土长的孩子不太一样，是脸形，还是皮肤？你说不出具体的差异，但一眼就能分辨得出来。这姊妹四个，更是一个比一个受看，但要说漂亮，还数艾艾！她那三个姐姐，基本上都是小圆脸，唯有她是瓜子脸，皮肤也格外白皙、柔嫩，当然可能与年龄小也有关。他问艾艾上几年级呀？学习好吧？

艾艾说，上四年级了，学习还行！

李有顺就拔出一支钢笔给她，要她好好学习，将来成为八里洼的第一个大学生！

小玲说，现在大学都停办了，以后还有大学上吗？

李有顺说，肯定有啊，只是招生的形式可能会不同。

小敏说，你喜欢研究当前形势，你的话应该准的！

全家就又笑一阵儿。

李有顺送白糖的目的性太强，岳月一家大小肯定心里都有数，可谁也不说破，看上去似乎也都能欣然接受。故而当他要走的时候，岳月的几个妹妹就在那里咋呼，大姐去送送呗，多送会儿！

两人在她们的嬉笑声中，脸红红地出来，半天没说话。待到老槐树底下，岳月依然嗔怪地说，你是要造成既成事实呀！

李有顺愣了一下，什么既成事实？

岳月说，你就装吧，你说什么既成事实？

李有顺说，噢，你是说这么堂而皇之地来你家不好是吗？

岳月说，也不是多么不好，是你忘了一件最重要的事，你来我家的原因！

李有顺嘿嘿着，这应该是不言而喻的事情吧？

岳月说，你就这么自信？你正式问过我吗？她越说越认真，你为何不先问问我？

李有顺方才醒悟到什么，哦，那我现在问能补救吗？

岳月故作严肃地，那要看你的态度如何！

李有顺往四下里瞅了瞅，即单腿跪在她面前了，亲爱的岳月同志，我爱、爱你，请求你嫁给我吧！

岳月扑哧一声笑了，一下拉起他，嗯，这还差不多！

李有顺说，你还没答应呢，痛快点儿！要么一个字，要么两个字！

岳月说，让我考虑一下行吗？也许三个字呢！

李有顺说，好，但不要考虑太长，我希望这次休假将这事儿能定下！

岳月说，也许明天就可以回答你！哎，我问你呀，白糖的事情真的没事儿吗？

李有顺说，能有什么事儿？你们怎么都这么不放心？好像是我抢的、偷的！

岳月笑笑，关键是你拿来的太多，我怕你刚当上司务长就多吃多占，犯错误！

李有顺说，放心吧，正因为刚当上司务长我才会格外注意！

岳月问他，明天你若没其他安排，我请一天假，陪你玩玩儿吧？

李有顺说，好呀！

岳月说，那就明天见吧顺子哥？回去晚了不好，我怕那几个小鬼头笑话我，你刚回来也累了，早休息吧！

李有顺嗯了一声，两人就分开了。

岳月回到家，全家果然还在等着她。老岳问她，你们两个的事儿是怎么定的？

岳月故作不悦地，这家伙太自信了，根本没跟我商量，就擅自大鸣人放地来了。

老岳说，我以为你们早就商量好了来着！

岳月说，他根本没正式征求我的意见，自以为我很痛快地就会答应他！

她妈说，当兵的第一次探家，一般都是回来定亲的，主意你自己拿，行或不行的痛快点儿，别给人家耽误了！

岳月说，你们定吧，你们怎么定怎么算！

老岳说，我看这孩子不错，知根知底的！

小玲说，个子矮了点儿，大姐好像比他还高！

她妈说，去去去，小孩子插什么言？人家是军官呢，你个子不矮竖插着，整天晃啊晃的，可干吗吗不行。

小玲嘟哝着，切，我只是说他个子矮了点，又没说他人不好。

老岳说，那就这么定了吧，定了就好好谈，别胡啰啰，军婚可不是闹着玩儿的。

睡觉的时候，那几个孩子还喳喳，这个说，好家伙，还是军婚呢！

那个说，军婚是怎么个概念？

另一个就说，军婚就是不能随便散，他散行，你散就要以破坏军婚论处！

岳月也是第一次意识到军婚的含义与意义，既兴奋，又慌乱，一晚上没睡着。

J城动物园很大，游园的人很少，动物们一个个无精打采，两人于一处小树林里席地而坐。李有顺告诉她，昨晚一夜未睡，一直在寻思，若是三个字会是什么字呢？

岳月说，人家还不是一样？让那几个妮子喳喳得楞木乱得慌！

李有顺说，那肯定喳喳得不是好话，说我什么呢？

岳月说，你看我穿的什么鞋？

李有顺说，布鞋呀，是让我给你买皮鞋吗？

岳月说，笨的个你，谁让你买皮鞋来着！

李有顺蓦地意识到，哦，身高呀，身高是个问题，谢谢你的关照！

岳月笑笑，我再问你一件事儿行吧？

李有顺说，行啊，问吧！

岳月就将积在心底多年的话吐露出来了：你当年跟那个小绵羊真的没事儿？

李有顺一下子恼了，你认为呢？当年别人糟践我，也只是在背后喳喳，没有一个敢当面说的，让我无法争辩，想不到你也这么寻思！你跟我平时相处以及在山上的时间应该是最多的，你能感觉到那时我就喜欢你了吧？你比一只小绵羊还不如吗？

岳月见他恼了，反倒有点高兴，她一下揽过他的胳膊，呀，还真生气呀？其实我也不信，只是有时听见别人喳喳，心里楞碌硬，我总不能碌碌硬硬地嫁给你吧？

李有顺仍气鼓鼓地，这是对我人格的极大侮辱知道吗？我希望这是第一次也是最后一次说这个话题！

岳月忐忑地，我记住了，对不起呀顺子哥！说着亲了他的脸一下。

李有顺说，让我稍稍平静一会儿好吗？

半天，岳月晃他一下，还生气呀！

李有顺勉强笑笑，好了，告诉我，你的决定是几个字？

岳月故意地，你怎么问的来着？

李有顺满含感情地，岳月呀，我是真的爱你，老早就喜欢上你、爱上你了，请你嫁给我好吗？

岳月也同样感情十分地，我知道，其实我早就告诉你了，无论发生什么事，我都不会怀疑你对我的好。我的回答是：一个字，好；三个字，非常好！

一切都是那样的自然而然、水到渠成，却又少了想象中的惊喜与激动，他握了她的手一下，谢谢你呀岳月——

多年之后，他们过起了正常的家庭生活，日子过得不咸不淡；有那么几年，还三天一小吵，五天一大吵，究其原因，就觉得是此时的调子定得不好，让一件不好言讲的事情将气氛给破坏了。

岳月也有点后悔，本来自己楞占上风，结果一说这事儿，人家一生气，局面完全变了，成了巴结他了。

此后的几天里，就如他们计划的，在老岳家喝了定亲酒，李振村也到场了。说起庄上这几年没什么变化来，李振村说，噢，以后不让放羊了，一是要割资本主义尾巴，二是要封山造林。之后答应将原来武老二宋洪烈家属住的那个院子划给李有顺做宅基地，以备将来结婚用。

李有顺的家确实就是个缺少女人的家，有着一般缺少女人的家庭的凌乱与冷清。他母亲前两年去世了，两个哥哥成家之后分出去了，家里只有父亲和老四，李有顺本想在家里回请一下岳月全家的，看看没会做菜的，家里也实在太杂乱，一时不好收拾，最后是在一个部队招待所请的。

武老二家属原来住的院子在那棵老槐树的东北角上，地处八里洼边沿，房后就是另一个村的庄稼地了。院子不小，房子很差，老小子原本就没打长谱，不舍得投资，纯在那里糊弄。李有顺和岳月去看了一下，院墙基本都是用部队营房修建时的下脚料垒成的，完整的砖都很少，一推就倒的样子。三间小平房，年久失修，屋顶有裂缝，墙脚有鼠洞，墙皮上有绿毛。两人商量着是重建还是修整，估算着会花多少钱，既然划给了自己，要等下一个探亲假再整修，还需两年。遂决定说干就干，先将房子修好，让岳月先住着，院墙再慢慢来。

人说农村里面请客忙一天，盖房忙一年，娶妻忙一辈子。好在八里洼离城区不远，材料比较好备；李有顺兄弟们之间关系虽一般，但在红事白事、修屋盖房之类的大事情上还是不含糊，基本上都能有钱出钱、有力出力，招之即来、来之能干。岳道远一家也参与进来，那弟兄四个干活的时候，他们供水供饭，水当然就是白糖水。连备料加施工，不到一个礼拜，整好了。

整个施工的过程，既疲劳，又兴奋，看到岳月在旁边不时地送水递烟、收拾这收拾那的忙活劲儿，让李有顺看到了一个小妻子的模样儿，心里涌起一种仿佛已经是夫妻了的感觉，踏实又温暖。

李有顺二十天假期的最后三天，是在新房子里度过的。两人突然有了属于自己的空间，一时竟有点不适应。李有顺想起应该说点或做点热恋中的事情，但她一直坐不住，手里永远拿着一块抹布擦来擦去。刚擦完这个地方，突然看见哪个地方不合适，又跑过去收拾一番。他一边感叹着这就是家里有女人的好处，一边又有点着急，待她又拿起扫帚打扫哪里的时候，他从背后将她抱住了，休息一会儿好吗？

她呀的一声，你休息吧，这些日子把你累坏了。

李有顺说，我们还是在恋爱阶段吧？恋爱是要谈的，不能一下子就陷进家务事里面，家务是永远干不完的，我们好像还没正儿八经地谈过恋爱呢！

岳月说，那就谈呀，我听着呢！

李有顺说，我也要你谈！

岳月就拿过板凳，坐到他的对面了，谈吧！

李有顺想好的一些带点情感的话题，被她的正襟危坐一下子给整没了，想不起要说什么了。遂说，我回部队之后，你一个人住这里会不会害怕？

岳月说，还真过来住呀？没等结婚的，过来住好吗？

李有顺说，有什么不好的？我又不在家，你宁愿姊妹四个挤在一个大炕上，也不过来住？我为什么急着整修？

岳月就说，我知道的，那也得跟家里商量商量，到时我让艾艾过来和我做伴！

李有顺说，嗯，我也是这么想的，来——他拍拍自己的腿，示意她坐过来。

她脸红一下，怕把你压坏了！但还是坐上了，她揽着他的脖子，说是部队的同志，都楞会拾掇家是吗？我厂里的王师傅，是部队的家属工，她爱人的衣兜儿里就始终装着一把小卷尺，看见什么家具的样式好，就从兜儿里掏出卷尺在那里量，回到家再自己动手，我看你也不力巴（方言：作外行讲），看这房子修得，跟新的一样！

李有顺就说，是呀，因为长年不在家，一回到家就格外想做点什么！我回去就让人从青岛捎弹簧！

岳月说，捎弹簧做什么？

李有顺说，做沙发呀，既省钱，又实用！我们单位上那些成了家的同志，都自己做沙发呢！这么说着的时候，他的腿稍稍抖了一下，她问他，压麻了吧？

李有顺说，没事儿的！

她将他拉起来，到床上坐吧！

李有顺说，来，看看你究竟比我高多少！

两人紧贴着笔直地站着，他用手比画着，哈哈，我以为你真的比我高呢，只是看上去比我高；她则嘻嘻着，有这么比画的吗？说着就自己比画一下，三比画两比画，两人就拥到一起了！他嘟哝着我真的好爱你，即将她吻住了。半天，他气喘吁吁地告诉她，这是我的初吻知道吗？岳月脸儿红红的，也娇喘不已，人家还不是第一次？之后，他说着看我能抱动你吧，即将她抱到里间的床上了。

李有顺乖乖地停住了。有一个阴影忽地从他的心里闪了一下，永远不要从另一个角度证实什么呀！他嗯了一声，你呀，还得好好吃饭，吃得俏白白、大胖胖！

岳月仍然脸红心跳，你是说我瘦吗顺子哥？我以为你只是关心我、疼我，关照我好好吃饭哩！

李有顺嘿嘿着，仍然触摸着她的身子，当然是疼你、关心你呀，也有一个审美的问题，瞧你这一身排骨，这里、这里，还有这里，就这地方还有点肉！说着在有点肉的地方用力捏了一下。

岳月呀地叫了一声，踹他一脚，之后坐起来了，你滚蛋，还审美呢，审狗屁呀，你找胖女人去吧！说着起身要下床。

李有顺赶紧将她抱住了，瞧你，又恼了不是？我就这么一说，又没说你丑，瘦还是比丑好，捏疼了是吗？我看看！

岳月推他一把，去去去，我可领教说武老二的了！

李有顺依然拥吻着她，你说我对你好吧？

岳月说，以前对我不错，谁知道以后怎么样？

李有顺嘿嘿着，只能越来越好！告诉你呀，我所以说这个话题，是几年前看到一个词儿，叫丰腴，那个腴字这么读，y——u腴，觉得这个词儿比丰满丰厚丰硕什么的好听，写出来也好看，我理解得可能不对，啊，我觉得丰腴可能是比胖瘦点、比瘦胖点的那么个概念，我当时就想呀，将来一定让我的小岳月长得丰腴一点！

岳月扑哧一下乐了，你当时真这么想？那是哪一年呀？

李有顺说，那当然呀，刚当兵的那一年呢，是一本苏联小说里面的。

岳月一下抱紧他，那时候你就肯定我是你的小岳月了？

李有顺说，是呀，应该比那更早，我还把你当成进步的动力，寻思一定要好好努力，弄个干部当当，否则要娶小岳月肯定没戏呀！人家是工人阶级的孩子呢！

岳月就说，你这么说，我真的好感动呀顺子哥！

李有顺接着说，还记得青梅竹马的事情吗？

岳月说，当然呀，在山上的时候，我告诉过你不是？是天真无邪、亲密无间的意思。

李有顺说，我是这么领会的，啊，像咱们这种情况，应该是标准的青梅竹马，一男一女，以后还恋了爱、成了婚；若是两个男孩子或两个女孩子这么说，就有点硌硬；虽然是一男一女，但将来成了仇敌、死对头，也不好说青梅竹马，你说是吗？

岳月就说，嗯，有道理呀，说着亲他一下，我男人真有学问！

李有顺继续吻着、爱抚着，学问谈不上，爱你是真的！

岳月说，人家还不是一样？还记得你参军快走的那天晚上吗？你问我的年龄，我说了之后，你说我以为你十七八了哩，我说若真的像你说的十七八了会怎样呀？

李有顺说，当然记得呀！

岳月说，其实我知道你的意思，那时你就想这样是吗？

李有顺说，是呀！

岳月说，那你怎么不这样呢？

李有顺说，你那么小，怕你说我是流氓！

岳月嘻嘻着，可能，恰恰因为你没这样，我才开始不信那些谣言了，也才开始爱你了。

李有顺那一刻突然感动得想落泪，她前些天的冒失追问所带来的不悦，全都冰释了。他紧紧地抱着她，谢谢你呀，我的小岳月，这里还疼吗？

岳月柔顺地偎在他的怀里，怎么了顺子哥，难受是吗？我是你的小岳月，你想做什么就做什么吧——

一个阴影又在他的心里闪了一下，李有顺说声不了，即抱一下亲一下地将她扶起来，替她戴好乳罩，她说着我自己来，反手系好，说是我这里很小是吗？

李有顺说，不小，应该是适中吧。

岳月笑笑，切，还适中呢，你这张嘴呀，怎么学的来！不过以后我真的要好好吃饭了，吃得它丰、丰腴一点，呀，这个丰腴，是比俏白白、大胖胖好听呀——

李有顺又一下将她抱住了。

多年之后，李有顺跟林雨说起自己当年求婚的过程，林雨说，这事儿我听说过，八里洼好多人都知道，说李有顺的老婆是他用一面袋子白糖蹾来的，还有细节呢，你将一袋子白糖扛到她家，往地上一蹾，说是，喏，吃吧！是这样吗？哎，一面袋白糖是多少啊？

李有顺说，四十斤！

林雨说，哈哈，一袋白糖解决战斗，一举拿下。

李有顺说，嘻，还一袋白糖呢，五袋也不止呀！

# 七、罗福宫轶事

五袋白糖下去，岳月吃得比较丰腴的时候，两人结婚了。不久，李有顺的部队搞"三产"，在 J 城设办事处，李有顺调到办事处当了招待所所长。

八里洼的村容村貌依然变化不大，变化较大的是人。八里洼的人对李有顺楞服气，说是别看只是个招待所长，可人家将自己的小姨子及好几个叔伯兄弟全安排了，都进城当了临时工，其中就有李振村的小儿子。又感叹，那年头物资紧缺，人际关系简单，一面袋白糖确实能解决好多问题的。

八里洼变化最大也最快的年头，还得说是改革开放之后。

先是城里建体育场，将原居市民迁到了八里洼村北一个叫南区的地方，占了八里洼的一点地；后是在八里洼村东锦鸡岭的一个山坳里建了一所技术学院，占了一大块地。实惠的是八里洼的村民全部农转非，成了城里的市民，同时安排了部分劳力进技术学院及附近企事业单位做校工或临时工。

八里洼不叫村了，改名居委会了。李振村也不当书记了，换成了跟李有顺一起入党的那个小张三。他跟李有顺说他入党是沾了李有顺的光，是搭配进来的那次，就是他当了书记之后。看看李有顺不悦，又改口说，哈哈，咱们算一起参加革命的吧，啊。

这时候，八里洼与城区的南区已基本连起来了。从南区再往北一点，是一个小公园，这里长年集聚着一些下棋打麻将、唱戏扭秧歌及专事骂娘发牢骚的人。他们的身份不详，年龄在中年以上，从他们发牢骚的内容看，部分是因建体育场被强迁至此的，部分是下岗工人，还有的则是离退休的老同志。有一天，作家林雨路过那公园，随便进去逛了逛、听了听，回家之后，将听到的内容大略地记了记，要点如下：

现在是十亿人民九亿商，还有一亿在商量；邓丽君喇叭裤，速溶咖啡万元户。别看那些人文化素质不高，正因为素质低，懂得少，胆子才会格外大。

中国最大的浪费是到处建体育场。将老百姓迁了，体育场建了，一年能搞几次体育活动？那么大的场地长年闲置在那里，还要专人管理，这不是最大的浪费？

那个体育场，还是全省人民集资建的呢！一边让你搬迁，一边让你集资；你集资建了场馆，他进一个球多少万，拿一块奖牌再几十万，那就与你无关了！

人家是跟国际接轨呢！

说到邮电局，想起周恩来总理的一段话，他说，只要我当总理，有三件东西是不能提价的，一是火柴，二是盐，三就是邮票。在一些偏远的少数民族地区，过去一只羊换不了一盒火柴，一头牛换不了几斤盐巴，共产党来了，二分钱一盒火柴，一毛六一斤盐，无论沿海地区，还是内陆地区，统统一个价，嗯，好，共产党好，老百姓是从这些具体的事情上认识和了解共产党的，于是就横下一条心，听共产党的话，跟共产党走。还有邮票，国民党时期就是八分钱一张邮票，无论邮寄多远，统统八分，你翻山越岭、跋山涉水，步行投递，还是八分，共产党一执政，马上就提价，老百姓会想不通，就会说一些听上去难听，琢磨琢磨还挺有道理的话。

周总理的这段话我也听过呀，是一个录音报告吧？忘了在哪里听的了，噢，是在八一礼堂，党员大会呢，过去上边有什么新精神，都是先党内，后党外的。

哈哈，老陈来了呀，你这个老劳模也下岗了呀？当年有名的红管家，增产节约的标兵，一年捡螺钉、螺帽上千斤，仓库整理得井井有条，一尘不染，还受到毛主席接见，怎么如今一承包，就卸磨杀驴给推到社会上了？跟承包人关系没弄好吧？

刊登你先进事迹的那张报纸我还留着哩，是上次搬迁的时候翻出来的，上头还有你的照片，你要收藏我送给你呀！

算了，这些东西不值得收藏了，别说社会上不认可，就是自己的子女也要笑话了，除了挨挖苦、受嘲笑，别的是一点用也没有了！

武老二宋洪烈又回来了，昨晚搞了个专场演出，市里的电视台还直播来着，看了吗？他老师高元钧也来捧场，还当场收了三个徒弟！

他早落实政策回来了，只是没露面。

高派的武老二还是有创新，比方老虎的心理活动：老虎一看见武松呢，咦，打心眼里喜得慌：老虎想，这个家伙个个小，两顿我还吃不光哩；老虎一扑没有扑着人儿，老虎心里暗思量：咳咳，这人哪，我每天吃，没有费过这么大劲啊，今天为的哪一桩？老虎还只当平常人儿哪，哪知道来了好汉武二郎……《水浒传》里没有的，哎，山东快书里就有。

好家伙，八里洼的村头还建了个什么宫？神神秘秘的，干什么的呀那是？

叫罗福宫，是个酒店。

嗬，现在就属外国名字吃香了，青岛海尔、力诺瑞特、桑塔纳，现在又出来个罗福宫，是由美国总统罗斯福演化过来的吧？

……

只是个把小时的议论，即让林雨受益匪浅。他觉得这个小公园还真是反映群众心声的一支晴雨表、一个小平台，有着相当的信息量，要比报纸电台啰啰的东西真实得多，也丰富得多，遂计划隔三岔五地去听听。

是的，武老二宋洪烈确实回来了。宋洪烈搞专场演出，他的一些外地的老师、朋友来助演，李有顺还帮他搞接待来着。两人见面，不免百感交集；说起往事，更是感慨万千。宋洪烈说，你村上的老支书李振村对我有恩啊，当年我将老婆户口安到八里洼，明知不符合政策，可还是给我办了，结果弄得他不利索！

李有顺说，你后来还不是保护了他，你在老槐树底下说他应该天天住人民大会堂宿舍，吃钓鱼台国宴，至今还被传为佳话呢！李有顺同时告诉他，当年多亏跟他学了几个段子，参军的时候，才被视为有点特长，一路绿灯，顺利过关。

宋洪烈问他，现在还有兴趣吗？意欲正式收他做徒弟。李有顺说，自己年龄大了，不想辱没老师的名声了，以后就为您做点服务性的工作吧！

宋洪烈想起当年那番"以后不要到处说你是我的学生"的话，不免一阵黯然神伤；同时觉得这个李有顺，并不像想象中的那么简单。

是的，八里洼的村北头，确实就建了个罗福宫酒店，而这个酒店就是岳道远的小女儿艾艾开的。

哦，八里洼的人说李有顺将小姨子全都安排了临时工还不对哩，艾艾就不是。艾艾凭自己的成绩考上了一所专科学校，学了两年财会；后学校升格，她也随之专升本，又学了两年经济管理。毕业之后，先是在一个国有企业做了几年会计，之后便辞职办了这家酒店：罗福宫。

此时，岳月已作为随军家属搬进了城里的宿舍，李有顺于八里洼的那套房子闲着，艾艾跟他们商量，在他们的小院重新起一座酒楼，他们的宅基地作为酒楼的股份，参与分红。岳月不是很支持，说是你现在的单位多好呀，旱涝保收，瞎折腾什么？你跟爸商量了吗？

艾艾说，爸也不是很支持呀，他急着把我嫁出去呢！

岳月说，就是呀，二十五六了还晃啊晃的，你整天瞎琢磨什么呢？

艾艾的脸色一下子沉下来了，我整天瞎琢磨呀，我的三个姐姐，为了我没有一个能好好上学，连初中都没上，不是她们学习不好，而是因为家里穷，供不起；千难万难，我们的爹妈还是让我上了学，而且供我上了大学！我上大学为什么？不该为家里多出点力吗？不该让爹妈过上好一点的日子吗？你的日子好过点了，可二姐、三姐都下了岗，不该为她们找点出路吗？我在那个事业单位，干巴巴的工资，养活我自己行，可像我这种情况，能嫁了走了算了吗？她说着，眼泪下来了。

岳月也哭了，说你个死妮子，纯是打你老姐的脸呀，我当老大的也没你心重！

艾艾说，你为了我们，早早地就下了学，心事还不重吗？大姐夫将老二老三的工作都安排了，我凭什么打你的脸？

李有顺的眼睛也湿润了，立即表示全力支持，不是贬低你那三个姐姐啊，你姊妹四个当中，还就是你有眼光、有出息，心眼儿也好！

艾艾说，别这么说好吗大姐夫？我有点眼光，还不是以她们失学作代价换来的？

说到酒店的设计与经营，艾艾说，大姐还记得我们来八里洼的当天晚上，姐夫给咱送蛤拉油子的事情吗？

岳月说，记得呀！你那时有两岁吗？会有印象？

艾艾笑笑，是的，有印象，虽然影影绰绰，可还是有点印象，也许是因为第一次吃蛤拉油子，觉得好吃，故而记得特别牢，我还记得当时我想藏起几个来，咱妈吼我！

岳月说，嗯，这说明你是真有印象，了不得呀你个死妮子，以后不敢得罪你了，一点小事你都能记一辈子！

艾艾笑笑，那倒不至于，要分什么事儿！凡是第一次的事儿，应该都不会轻易忘掉。

李有顺说，艾艾呀，你猛不丁地提这件事儿，不会是想做蛤拉油子的文章吧？

艾艾呵呵一笑，看来这是英雄所见，就是要做蛤拉油子的文章！我还记得你说过一句话，蛤拉油子是八里洼的特产对吧？

李有顺说，对是对，可现在八里洼早没那玩意儿了，到哪里找蛤拉油子去？

艾艾说，八里洼没有，别的地方有，顾客吃的是蛤拉油子，不是八里洼，我们就是要恢复J城人的记忆，我连名字也想好了，就叫螺福宫！

李有顺说，嗯，不难听，让人想到美国总统罗斯福的官邸，既洋气又顺口，还有点讲究，是托田螺之福的意思吧？

艾艾说，是这意思。

李有顺说，有一出戏就叫螺女，是个七仙女式的人物，也是嫁给了个穷秀才，艾艾是现代的小螺女呢！

艾艾说，咱本身就是穷人呀，再说我还真不知道有螺女这出戏！

过几天，李有顺请先前认识的那个书法家写螺福宫的牌匾，老小子没听清，将螺福宫写成了罗福宫，后再写螺福宫，看上去不如罗福宫好看，遂又解释，还是罗福宫好些，螺字太直接，一览无余，没有想象的余地；罗福宫，有想象的空间，顾客老远地一看，嗬，罗福宫，怎么个概念？进去看看，一看，不走了——

这么的，改成了罗福宫。

那时候，如果宅基地是自己的，仅是搞点地面上的建筑的话，还真是较便宜，三十万即可拿下三百平方三层楼的建筑，楼下还能有院落，有单间，门口也有廊柱，有石狮，看上去还真有点小宫殿的模样儿。一到傍晚，用霓虹灯组成的罗福宫三个字在八里洼的村头那么一闪一闪，南区的下岗职工们看见，往往就会生出诸多无端的猜想或臆想。

酒店的执照申请、名称注册及贷款事宜，是艾艾自己跑的，因为属于大学生自主创业，政府还有些优惠政策，必须自己出面。

酒店的土木工程，就是李有顺及其兄弟们负责的了。所谓的负责，无非就是备备料、监监工。这时候，八里洼还保留着红事白事、修房盖屋，亲戚里道一起出动的好传统。

与此同时，艾艾让她的二姐三姐，分别参加了商校的厨师和领班培训，让他的两个姐夫分头去东平湖、微山湖跑田螺货源，她自己则亲自出面招聘了几个服务员，送到李有顺的招待所培训实习。如此紧锣密鼓，不到四个月，罗福宫正式开业了。

开业的那天，李有顺即将著名武老二高派传人宋洪烈，著名胡啰啰书法家李学颜请去了。李学颜当时正欲请人写文章为他的书法做宣传，又借花献佛，将一大报编辑兼记者林雨请去了。

这么的，林雨与艾艾见面了。

前去祝贺送花篮、条幅的单位和个人众多，连同工商、税务、公安及方方面面的一干人等，共安排了八桌。从老书记李振村做主陪、艾艾的父亲岳道远做副陪来看，艾艾及李有顺还是更重视宋洪烈、李学颜及林雨这一桌，待艾艾发表了祝酒词，再一桌一桌地敬完酒，即到主桌上陪酒说话了。

李有顺又将来宾重新介绍了一遍。介绍到林雨的时候，李学颜插言，说他职业搞新闻、业余写小说，是记者兼作家，还是个钻石王老五！艾艾眼睛一亮，说是你就是林雨林老师呀！林雨说着你叫我林雨就行了，也就注意到，这个艾艾还真是挺受看，面容姣好，身材修长。胡啰啰书法家为让他一定参加此次酒会，曾以色相诱，说她姊妹四个一个比一个漂亮，若失之交臂，不是终生遗憾，就是遗憾终生。现在看来，该胡啰啰此言不虚。

艾艾悄悄地问李有顺，钻石王老五是怎么个精神？

李有顺笑笑，就是单身、光棍，跟你一样。

艾艾脸上红了一下，不着调吧你！

林雨还注意到，艾艾的父亲岳道远，他见过，是他去那个小公园闲逛的时候见到的。不过岳道远不在专事骂娘发牢骚的那帮人里面，而是在打扑克的人当中。

说起话来，众人少不得就对艾艾称赞有加，说她年轻有为，敢为人先，凭着铁饭碗不端，主动辞职端泥饭碗，难能可贵；罗福宫的名字起得好，既时尚，又有内涵，无论是家宴、公宴还是喜宴，都会有不同的解释，可以是罗织幸福，也可以是幸福罗曼，还可以是箩筐盛福、财富成摞；将蛤拉油子作为酒店的招牌菜也不错，根据田螺的品种不同、大小不一，分别做成炒的、煎的、煮的、炸的，形成了系列，嗯，有特色。

李学颜则用很仗义、很担事儿的口气，要林雨进一步关注一下艾艾，大学生自主创业，安排下岗工人，减轻了就业压力，有典型意义，那就不妨来上一篇，既宣传了典型，又提高了酒店的知名度，何乐而不为？

艾艾笑笑，说是那可太好了，林老师只要有时间，随时来做客吧，我们随时欢迎您！

林雨说，还是过一段时间吧，比方客人反映还不错，你这里效益也较好，那时再来采访学习行吗？

艾艾笑笑，林老师谦虚，还采访学习！

李有顺说，这话对，否则人家刚给你宣传出去，你这里就出问题，要么客人骂娘投诉你，要么亏得一塌糊涂，弄得人家也不得劲，还是用实际成绩来说话。

艾艾与林雨挨着，见他摆弄来摆弄去吃不到嘴里，忍不住拿牙签一个个往小碟里挑，挑满一小碟，推到他的面前。

林雨不好意思地说声，谢谢啊！

放了蚝油、辣椒，油光闪亮的蛤拉油子香辣可口，百吃不腻，越吃越想吃。

一桌八九个人，转眼间要了三盘。

过会儿，林雨对艾艾说，吃这东西还就得一边忙活一边吃才有意思是吧？就像吃带壳的花生比纯吃花生米有意思一样。

艾艾笑笑，嗯，是这个意思。

艾艾的父亲岳道远问林雨，大兄弟是哪里人哪？

林雨说，大叔还是叫我大侄子吧，我家是沂蒙山的，临沭！

岳道远又问，鼓捣钻石？

大伙哈地就笑了。

李有顺给他解释过后，岳道远又说，前些年报纸电台的报道常林钻石，不就是你那里的吗？我以为你鼓捣那个哩！

林雨说，大叔记性不错，常林钻石是在我老家发现的不假，当年我作为实习记者还去采访过，是我县岌山镇常林村农民魏振芳于1977年12月21日在田间翻地时发现的；重158.768克拉，长17.3毫米，颜色呈淡黄色，质地纯洁，透明如水。她把这块钻石献给了国家，现收藏于中国人民银行，到目前为止，仍是我国现存最大的钻石。若说我鼓捣钻石，还真有点间接的关系，当时的提法是献给英明领袖华主席，县里以魏振芳的名义，给华国锋主席写致敬信，那封信就是我起草的，报纸上登出来的时候，一字未改。

众人呀的一声，都向林雨投过惊羡的眼光。

林雨不好意思地说，这么说是不是有点吹牛了？此前我从没说过的，过去这么多年了，人们差不多也都淡忘了，现在说说，应该不会有什么负面影响。

李学颜说，不会不会，这叫历史揭秘嘛，啊！

岳道远笑笑，我随便一问，竟引出一个历史揭秘，大兄弟呀，咱还是老乡哩！

林雨说，您又叫大兄弟，大叔老家也是临沭？

岳道远说，不是临沭，是沂水，要不我问你钻石的事呢！他接着用纯沂蒙山方言说是，那就叫大侄子，你知道什么是出跤子的吧？

林雨说，是战争时期支前的民工吧？

岳道远说，嗯，我就是支前到这里给打散了的，从没出过远门，找不着回家的路了，是一个铁路上的老师傅收留了我，就在这里安家落了户，新中国成立后回过一趟家，都没咧……唉，不说了，哈酒——

武老二宋洪烈则开始跟李振村叙旧，说各自的经历，诉酸甜苦辣；感叹时间过得真快，不知不觉就老了，说着说着还掉了眼泪。

待酒会结束，艾艾和李有顺将他们送出来，艾艾跟林雨说，林老师以后常过来坐坐吧，不是为了写文章，看得出老爹跟您楞投缘，老乡套得挺近乎，我今天还是第一次知道老爹是沂蒙山人。

李有顺说，我也是第一次听说，老人家今天动感情了，以后你们就把这里当作体验生活的一个点，喝喝酒、聊聊天，唱唱歌，文化人儿讲究这个不是？叫什么龙来着？

李学颜说，沙龙，文化沙龙！

李有顺说，嗯，沙龙对了，就把这里当成你们的沙龙，隔三岔五地过来放松放松！

那三位很痛快地就答应了。


## 八、 林雨和艾艾

三个月过去，这天李有顺给林雨打电话，让他来罗福宫坐坐。林雨问还叫了谁呀？

李有顺说，你想叫谁就叫谁！

林雨说，那就叫上李学颜吧，是他介绍我们认识的，我单独跟你们见面不好，我老家管这种情况叫漫着锅台上炕，明白这个意思吗？

李有顺说，明白，那就再叫上他。

不想李学颜又带了个三十来岁的女人，貌似纯工作的关系。林雨心里笑了一下，这家伙还真会借花献佛，借别人的酒席，增自己的友谊。李学颜向他们介绍那女人叫张萍，专管财产和人寿保险事宜，对书画也较有兴趣。那女人即给大家发名片，之后滔滔不绝，介绍各类保险品种，李学颜脸上稍稍不自然了一下，问艾艾，酒店运作三个来月了吧，效益怎么样啊？

艾艾说，效益还可以吧，这里地处城乡接合部，没有环境的优势，只能靠特色、靠回头客、靠个人和家庭消费，叫中档的菜品、低档的价位、高档的服务，大姐夫不时地过来指点着，势头还不错！

李学颜就说，嗯，这个三靠对，高中低的排序也不错，另外，凭李所长的关系，还可以介绍一点客源过来！

李有顺说，我那里主要接待部队出差的，外出人员消费也都有严格的规定，咱这样的酒店还是得着眼于本市。

林雨问，旁边这个技术学院来吃饭的多吗？

艾艾说，想过来打工的多，真正吃饭的少。

李学颜说，还是得搞点娱乐性的东西，唱唱歌、跳跳舞什么的，市里有一家弄个卡拉OK，还挺热火哩！我看你三楼的那几个单间可以装修一下，也鼓捣它一家伙。

艾艾问他，李老师去过吧？

李学颜笑笑，当然呀，哦，就是她单位请我写字，完了答谢我的，那地方叫什么来着张萍？

张萍说，三桃园！

林雨说，是个喝酒划拳的名字呀，不过不难听，三桃园、桃园三，叫哥俩好、五魁首什么的也不难听。

张萍说，林老师真的不知道？就在八一礼堂西边呀，是个台湾老太太办的，她老公是咱J市人，原是国民党兵，退役之后做买卖，一改革开放，回来办酒店了，现在这个三桃园可火了，安排酒席还得提前一天预定呢！

李有顺说，怪不得呢，卡拉OK就是日本最早传到"台湾"的。

日本那个熊地方有个风俗，男人下了班回家过早的话，会让邻居们看不起，认为天天工作连个应酬都没有，没什么大出息，故而男人们下班之后，一般都会聚集到酒吧或茶馆里面胡吹海侃，后来觉得只是瞎扯也没意思，就在那里边喝酒边用电视机上的话筒唱歌，之后就演变成了卡拉OK。艾艾有空去看看，考察考察，若是投资不大，咱也像李老师说的，鼓捣它一家伙！

喝起酒来的时候，那个张萍还挺豪爽，主动出击，挨个敬酒。

李有顺就又说起有一出戏叫螺女，问他们几位看过吗？

林雨说，没看过戏，但看过一篇文章，螺女，也叫田螺姑娘，传说晋侯官人谢端少孤，得一大螺如斗，贮瓮中。每晨见有饭饮汤火。疑之，于篱外窥见一少女自瓮中出，至灶下燃火。端乃到灶下问之曰：新妇从何所来，而相为炊？答曰：我天汉中白水素女也，天帝哀卿少孤，恭慎自守，故使我权为守舍炊烹。

艾艾惊讶地叫了一声，呀，你都能背过？

林雨说，只是个大概的意思吧，我对这类故事比较敏感，看的时候稍稍用心一些。

艾艾问他，少孤是怎么个概念？

林雨说，是年少就成了孤儿！后边几句的意思是，上天可怜公子你少年就成了孤儿，孤苦度日，所以差使我权且为你看家做饭。

艾艾问，后来呢？

林雨说，文章里没写，戏里是两人成婚了吧李所长？

李有顺说，成婚了不假！

艾艾即感叹道，呀，也是个仙女爱穷人的故事呀！

李学颜突然激动地说，哎，说到仙女，我看在罗福宫的小院里，立一个田螺姑娘的雕塑不错呀，这边一个大姑娘，那边一个小田螺，底座上再雕上林雨刚才说的这个故事，你们看如何呀？

林雨说，这个创意不错呀，跟罗福宫的名字比较接近，也有托田螺之福的寓意，到底是艺术家，说着说着灵感就来了。

李学颜接着说，田螺姑娘的形象，就照着艾艾塑，既有古典美，又有现代美……正说着，他的嘴突然咧了一下——人不多，桌子不大，另外的几个人其实都看见了，是张萍在他腿上拧了一把，但都装作没看见的。

艾艾笑笑，李老师过奖了，我哪行！要按我的样子塑，还不得让人笑掉大牙!

李学颜就说，当然要艺术化一点，形象是你的形象，服装是古代的服装。

艾艾说，要塑也不能现在塑，没等赚多少钱的，连像也塑上了，人家笑话!

林雨说，我看行，至少比许多酒店供奉财神爷有新意!

艾艾笑笑，到底是文化人儿呀，寓意呀，灵感呀，新意呀，不过不难懂，这个创意我记住了，以后再说行吗?

李学颜笑着说，哎，以后真要按这个创意来，可得给我点子费哟! 怎么说来着? 是版权所有吧林雨?

林雨说，嗯，有这么一说。

艾艾就说，会的，忘不了，放心吧!

过会儿，张萍突然说家里还有点事儿，要提前走一会儿。李学颜不好意思地笑笑，就陪她先走了。

艾艾将他们送出去，李有顺说，他两个有一腿。

林雨说，未必，充其量有点小暧昧，打打情、骂骂俏而已，他老婆是中学老师，比他小十几岁，形象气质都比这个张萍要好；我相信，下次你若再请他吃饭，他不会再带她，而会带另一个女人来!

李有顺问他，你上次说 1977 年就采访过那个捡常林钻石的魏振芳是吧?

林雨说，是呀，她是 1977 年 12 月 21 号捡的，我是 1978 年元月份回去的，采访完了正好在家过春节呢，怎么，有问题吗?

李有顺说，那你今年应该有 30 了吧?

林雨说，有了，31!

李有顺说，你真的没女朋友?

林雨说，曾经有过，后来黄了!

李有顺说，你看我这个小姨子怎么样?

林雨说，哦，是为了这个呀，你这么严肃，吓我一跳，我以为你怀疑我说采访过魏振芳是吹牛哩! 我看她很好呀，她还没男朋友?

李有顺神神秘秘地，这孩子心重啊，她姊妹四个就她自己上了大学，她那三个姐姐连初中都没上下来，她总觉得欠了她们的，不为她们做点什么就不结婚，你说她怪吧?

林雨说，这不很好吗? 很善良、很有感恩意识呀!

李有顺说，你若觉得还顺眼，我给她透透怎么样？

林雨说，我比她大得太多了吧？

李有顺说，相差6岁还算大？其实她还担心你看不上她哩！

正说着，艾艾回来了，你们商量什么呢？神神秘秘的？

李有顺说，是、是商量李老师那个塑像的点子呢，怎么才回来？

艾艾说，陪着他们等了一会儿车，这俩人可真有意思，李老师赶着跟张萍说话，张萍就是不理他，还呛他！

林雨说，那个张萍可能有点吃你的味儿，老李一说你既有古典美，又有现代美，她就不悦了！而她那个小动作太明显，老李也未必会高兴。

艾艾说，呀，我这不成了罪魁祸首吗？

林雨说，女人对女人的敌意是天生的，尤其是失去容颜的女人对年轻貌美的女人！

艾艾笑笑，她还不能算失去容颜的女人吧？我看还楞水灵哩！哎，你们觉得李老师那个点子行吗？

李有顺看了看林雨，林雨就说，说实在的，这个创意还真不错，田螺姑娘是个艺术形象，有一百个读者，就有一百个哈姆雷特，有一百个林黛玉，也会有一百个田螺姑娘；电影中的林黛玉和电视剧中的林黛玉就很不同；来吃饭的看到田螺姑娘一般也不会想到你身上去，个别认识你的人觉得像你，像就像呗，能怎么的？说不定某一位顾客看着还像她小姨哩，那有什么关系？

艾艾笑笑，好呀，你这么一说就明白了，等有钱了，咱就立一个田螺姑娘。

李有顺说，你二姐三姐还没下班吧？也不过来敬个酒，让她们一块儿过来认识认识林记者！

艾艾说，我去叫！

一会儿，姊妹仨就一块儿过来了。艾艾的两个姐姐都穿着工作服，一看就是老实人，很腼腆、很惶恐的样子，敬酒的时候两手端着酒杯，客套话说得也不熟练。林雨敬酒的时候叫她俩大姐，两人就直说不敢当不敢当呀！后论起年龄来，林雨竟跟小玲同岁，比小敏还大两岁！之后，那姊妹两个一个劲地说艾艾的好话。林雨寻思，莫非李有顺提的事儿她们家已经商量过了？后来知道，小玲和小敏并不清楚此事，只是以为林雨要给艾艾写报道，采访她二位呢。

　　林雨回去，果然就写了一篇印象的东西《田螺姑娘》，两人也就自然而然地谈起来。

　　艾艾告诉他，撮合他二位的事，是她父亲跟李有顺先商量的。她三个姐姐的婚事，父亲从来没主动问过，唯有艾艾，是他主动找的李有顺，说那天的那个小老乡不错呀，你给他两个拉拉线、搭搭桥不行吗？之后征求她的意见，她只是担心人家这么优秀，能会没对象？也许早就有了，还没公开呢？

　　林雨告诉她，以前确实谈过，后来黄了，在意吗？

　　艾艾说，不会的，那时我们还不认识呀，你这个年龄，若是从没谈过，我才会在意，会怀疑你哪里有问题。

　　林雨说，谢谢你呀艾艾！他说着，将她的手握住了，她则一下偎到了他的怀里。之后他说，有一首歌，内容不知唱的什么，我只喜欢它的名字，叫《不要问我从哪里来》，重要的是我们相爱。

　　艾艾抬起脸，面对着他，你不是在考我吧？

　　林雨说，考你什么？

　　艾艾说，你会真不知道这歌的名字？

　　林雨说，不是叫《不要问我从哪里来》？

　　艾艾嘻嘻着，错！那只是一句歌词，歌名叫《橄榄树》。她说着，小声唱起来了，不要问我从哪里来，我的故乡在远方……林雨也随着她哼起来，为什么流浪，流浪远方，流浪；为了天空飞翔的小鸟，为了山间清流的小溪，为了宽阔的草原，流浪远方，流浪，还有还有，为了梦中的橄榄树，橄榄树……

　　林雨吻他一下，你的嗓子不错呀艾艾，唱得真好听！

　　艾艾笑笑，好听吗？

　　林雨说，当然呀，我喜欢这种感觉！

　　艾艾说，那以后就多唱，只唱给你一个人听，哎，问你个事儿行吗？你刚才说话的语气，怎么会那么肯定？很有学问的样子，我只喜欢它的名字，叫不要问我从哪里来，唬得我都怀疑我自己的记忆有误了！你怎么将一个错误的记忆发挥得那么有学问？

　　林雨也笑了，那是你的错觉吧，我只是对那一句歌词感兴趣！

　　艾艾说，还重要的是我们相爱呢，歌词里哪有？

　　林雨说，哦，这句是我加的！

　　艾艾说，不过我喜欢！

艾艾告诉他，你这个家伙，看着楞成熟，可那天还是露馅了。老二和老三本来不知道内情，你一叫大姐，她们警觉了，寻思你比她们大，怎么会叫大姐？肯定是随着我叫的，你和大姐夫一走，她们就审问我。

林雨说，当时你大姐夫一透露，我一激动，就脱口而出了，叫完了，我也觉得有点突兀，叫得太急，也太亲热，有点狗肚子里盛不了二两香油的感觉。

艾艾嘿嘿着，可我喜欢呀，你那么一叫，我心里还热乎乎的哩！

艾艾告诉他，以前就看过你的文章，你写常林钻石的那篇也看过，叫《钻石你等谁》是吧？大体的意思是看上去是人找钻石，但其实是钻石等人，宝贵的、珍贵的东西总是等待善良的人、勤劳的人去发现，去发掘，故而对你楞崇拜！

林雨笑笑，这回也是钻石你等谁呢，看上去是我找你，其实是你等我！

艾艾一下子将他紧紧地抱住了，你这么说有点臭美，可道理是这么个道理，冥冥之中，我是在等一个人，等一个好人，等一个爱我的和我爱的人来发现！

林雨嘿嘿地吻住她，是的，你在等爱着你的我来发现，来发掘，一锄头挖出个美人儿，挖出个田螺姑娘！

艾艾嘻嘻着，那是挖人参吧？不是挖田螺！

林雨说，你是我的田螺姑娘，也是我的人参娃娃。

以上的话题，当然不是一次约会时的谈爱纪要。林雨单位有处一室一厅的单身宿舍，因平时大都在食堂就餐，他将那个客厅改作书房了，看上去较为凌乱。两人相见恨晚，加之年龄的原因，一旦谈开，即不可收拾，一日不见如隔三秋的感觉，遂你来我往地约会起来。这时候他的那间宿舍整洁了，利索了，也温馨了。每次约会，艾艾要么带些罗福宫的成品、半成品，要么就一起出去买回东西自己动手，各自亮着自己的手艺。

艾艾系着围裙做饭的样子格外好看。她穿了一件大红的羊毛衫，头发挽成了一个发髻，围裙的系带更突显出胸部秀丽的轮廓。

菜做好了，有素炒西兰花、竹笋炒扇贝，西红柿炒鸡蛋，当然还有蛤蜊油子，待她将菜摆上茶几，又从兜儿掏出一包酱猪蹄。她对他说，知道你喜欢吃这个，就顺手买回来了，但不准吃大蒜！他有点奇怪，为什么呀？她一把抢过他手里的蒜头，就不让你吃！他一拍脑袋，哦，想起来了，吃完了刷牙也不行吗？她依然坚持着，不行！

他们来不及收拾碗筷，就拥吻在了沙发上。他将她揽在怀里，吻着她的睫毛，她的眼睛，她的鼻子，她的耳朵，艾艾，我爱你——

她将唇按在他的嘴上，啊，亲爱的，我也爱你，真的好爱好爱的，你为什么对我这么好？我都担心幸福一下来得太多、太快了！

林雨笑笑，这算来得太多、太快吗？我们比人家晚多少年了？

艾艾仍然嗫嚅着，可我总觉得我们爱得太顺，跟做梦一样，有点不真实的感觉！

他隔着毛衣捏了一下她，疼吗？不是做梦吧？

她打了他的手一下，我是说呀，好事儿来得太顺，会让人心里不踏实，知道吗？昨晚我梦见你不理我了，我赶着给你说话，你正眼也不瞧我一眼，我一下子吓醒了，今天就赶忙跑来找你了。说完，一双水汪汪的眸子，紧紧盯着他的眼睛。

他拍拍她的背，傻妮子，做梦是反着的呀！你说的这个好事来得太顺，心里会不踏实的感觉我也有，咱们老百姓要得到一点好事儿，总是格外难、格外麻烦的；可我们算来得太顺吗？我三十多了才瞎猫撞见个……

她拧他一把，说什么呢？你要说我是个死耗子吗？

林雨哈地一下笑了，噢，这个比喻还不对哩——多年之后，这句瞎猫撞见个死耗子的话，经常被她提及；每当两人有点小摩擦的时候，她就要引用一下。他说，我不是同时还说你是田螺姑娘，是人参娃娃，是宝物、宝贝来吗？为何单记住这一句？但没用，她就对这一句印象深。当时他意识到说溜嘴了，比喻得不恰当，遂说还是比喻常林钻石吧，魏振芳是什么时候发现那块宝物的？是她锄地正要收工，看到别人的那垄地没锄干净，她帮别人补几锄的时候发现的，你能说她好事儿来得太顺、太快吗？她还是比别人多锄了几下吧？我将你这个宝贝挖出来，也是比别人多锄了几下，多等了几年，难道我好不容易将宝贝挖出来，当我抱回家的时候，还要在路上再摔几个跟头，你才踏实吗？

艾艾也咯咯地笑了，你这张嘴呀，真想给你咬下来，不过你这么一说，我心里踏实多了！

她说要咬他的嘴，他让她咬，她果真就咬了。林雨似乎也很愿意让她咬，他非但没觉得疼，还尝到了一种温软的甜丝丝的气息。

艾艾告诉他，其实和你在一起，我心里好充实，觉得你这间小屋才是我的家、我们的家，你一定要好好地爱我，不要放弃我好吗林雨哥？

林雨说，当然呀，我不会放弃爱，也不会放弃你；可我看你家也挺温馨呀，父母姊妹之间很融洽的样子。

艾艾唉了一声，是呀，是楞融洽，我三个姐姐小时候都挨过父母的打，可我爸从没打过我一次，我和姐姐有点小摩擦，明明是我的错，我爸也要把姐姐打一顿，有时我都想让他也打我几下。

林雨说，父母一般都疼爱娇气最小的孩子不假，也说明我的艾艾是个心地善良、格外让人疼的孩子。

艾艾说，不知为什么，我有时会有一种孤苦无依的感觉，常常一个人在一个地方呆呆地待上小半天。

林雨说，你的感觉好细腻，是累了的缘故吧？其实这种感觉我也有，特别像我这种独自在外打拼的人，会时常有这种感觉从心里冒出来，叫城市的马路太硬，踩不出自己的足迹。

艾艾一下拥住他，我们一定要好好的好吗林雨哥？你好好地疼我，我也好好地爱你，做你的好妻子，啊，抱紧我！

林雨紧紧地抱着她，吻着她，会的，我的爱，我会好好地爱你、疼你的！

她两手搂住他的脖子，之后轻轻地咬着他的耳垂，不是相见恨晚嘛，我们把感觉晚了的那些补回来好吗！

他紧紧地拥吻着她柔若无骨的娇躯，看一眼娇羞的艾艾，真的可以吗？

她羞红着脸，啊啊着，雨，爱我，让我做你的女人！

他们终于融为一体了……他看到了身下的殷红，你真的还是——

她再次送上香吻，哦，我的爱，她就是等你挖掘的。

一种甜蜜的责任感涌上他的心头，他紧紧地抱着她，宝贝，我会让你幸福的，不让你受半点委屈；哦，对了，刚刚好像……他忽然想起什么，有点惊慌地问她。

她嗔怪地，傻瓜，现在才知道关心人家，怀就怀上呗，怀上就给你生个小作家！

他有点着急地，那怎么可以呀宝贝？

她满不在乎地，这回你跑不掉了，赖上你了，小心吧你！

他嘿嘿着，不是呀宝贝，是没等结婚就先有了，怪丢人的！

她依然无所谓地，我都不怕丢人，你怕什么？

他又一下抱紧她，是呀，怕什么，怀上就生，嘿，还生个小作家呢，让我想起一个故事。

她偎在他的怀里，什么故事？说来听听！

他说，有一年参加南方一家刊物的笔会，是那种写稿子的笔会，原定十天会期的，延长到两周了，大部分人稿子没写完，还要求再延长！总编不干了，说是别再延长了，再延长小作家就生出来了！

她笑笑，你没跟人家生小作家吧？

他说，咱算什么呀，那时候我还没有名气呢！

她不悦，你现在可有名气了呀！

他马上意识到什么，遂说，毁了，这是个敏感话题、语言陷阱，越说越说不清，以后还不能跟老婆啰啰类似话题哩！

她哼一声，以前我不管，此后你若出事儿，你小心！我可听说文艺界是怎么回事儿了。

他说，你要记住哟，我不是文艺界的人，我是新闻界；话又说回来，你说新闻界还是你们酒店界更容易出问题？

她仍然气鼓鼓地，切，还酒店界呢，你说餐饮业好不好？

他故意逗她，是你先说什么界的！

她笑笑，好、好，以后不说你什么界了，哎，刚才说生小作家的事儿吓坏你了吧？

这回轮到他不在乎了，我才不害怕呢，无非就是老婆挺着大肚子跟我举行婚礼呀，还能怎么的？

她嘻嘻地亲他一下，这还差不多，不过没事儿的，放心吧，今天是我的安全期。

他搂她一下，当然没事儿呀老婆，怀了还要好好地庆贺一下，我还想让你给我生个小经理、小企业家呢！

她学着他的语气，嘿，还生小企业家呢！

## 九、 艾艾和她的父亲<sup>(上)</sup>

两人有了第一次亲密接触之后，他们的感情迅速升温，如胶似漆，每天都特别渴望见到对方，拥抱、热吻、爱抚、做爱，乐此不疲。不是安全期的时候，她当然也采取着措施，但还是给他留下一个印象：对避孕这件事儿，艾艾既不积极，也不认真，竟然跟他讨论并争论，来好事儿的前几天是怎么个概念、后几天又是怎么回事儿。

一次约会，他跟她商量，最近净忙着亲热了，还忘了一件重要的事情哩！你看咱俩是不是一块去看看我未来的岳父岳母呀？

她嘿嘿地笑着说，当然呀，爸还问咱们谈得怎么样哩！

林雨说，一是向他们明确一下我俩的态度，二是顺便把你急于生个小作家的事儿跟他们通报一声！

她打他一小拳头，你敢！

他故作认真地，你看我敢不敢！

两人遂约定周六去她家。又商量第一次去见岳父岳母，该带点什么东西。他拉开小储藏室让艾艾看了一下，她呀的一声，我看你够腐败的呀！

林雨说，腐什么败？无非就是烟酒糖茶之类，都是下去采访的时候人家送的，有的还是纪念品，好看不好用的东西。

艾艾说，哦，那你给我写文章，是不是也该送你点纪念品？

林雨一下抱起她，你送了呀，这就是最好的纪念品，而且特别珍贵、宝贵，会记一辈子、念一辈子！

她挣脱开，去你的！哎，我看随便带点这个就行了，别再花钱了好吗？

林雨笑笑，听你的呀，你将来肯定是个很会管家的好老婆。

艾艾嘿嘿着，我争取吧！

那天有雪。整个一个冬天仿佛都在下雪，头几天刚下了，那天又下；上午下了，下午还下。但他还是提着艾艾为他挑好的东西准时去了。刚下车，就看见艾艾打着伞站在村头等他。她穿着蓝色呢绒大衣，扎着红的围巾，于纷纷扬扬的白雪之中亭亭玉立，看上去格外好看。待他走近，发现艾艾竟提着一双雨靴。她让他换上，再领他进村。

他一边换鞋，一边问她，有一本苏联小说《叶尔绍夫兄弟》，你看过吗？

艾艾说，没看过，你又联想到什么了？

林雨说，里面有一个细节，就像咱们现在这样，不过主人公与咱们相反，是男的住在一个都市里面的村庄里头，或者就是贫民区吧，那女的每次去男的家，都要用一根木棍挑着一双雨靴扛在肩上，走进贫民区时就穿上，过了泥泞路再换下来！

艾艾神色黯然了一下，委屈你了林雨！

林雨说，委屈什么呀，你要跟我回老家，连这里也不如呢！

林雨还是第一次进八里洼。一进村，看出农村与市区的差异了，没有下水道，所有的污水都流到街上，连同待化不化的雨雪，整条小街还真是泥泞不堪，到处摆着零散的小砖头，供行人踩踏。有的水洼几步迈不过去，艾艾就牵着他的手，以防滑倒。他感觉出换雨靴的必要和艾艾的细心了。他悄悄地对艾艾说，谢谢你呀老婆！

艾艾还是没能高兴得起来。

他没话找话地引她愉快，我第一次走丈人家，你不高兴呀，郎当着个脸！

艾艾苦笑一下，谁郎当个脸来着，你这样的贵客请还请不来呢！

林雨说，下次见面，我给你讲讲这个《叶尔绍夫兄弟》吧？

艾艾应了一声，好呀！

两人到得大门口，林雨换鞋的时候，说是宝贝，我理解你的心情，村上的路不好又不是你的事儿，再说我也不是什么大人物，我什么样的苦没吃过？你何必因此而不安呢？

艾艾眼泪汪汪的，我就是在这样的环境里长大的，让我觉得在你面前很没面子，你心里会始终有我是小胡同出来的那么个印象。

林雨抱抱她，你怎么这么虚荣啊宝贝？我突然觉得你不像看上去那么单纯了！我农村出身又该如何？告诉你呀，大宅门出身的人我见得多了，看不出有多出色呀！没听说吗？山窝窝里出凤凰，小胡同里出美女！

她扑哧一下乐了，又是你自己加的吧？还小胡同里出美女呢！就跟那个不要问我从哪里来，重要的是我们相爱一样。

林雨说，甭管谁说的、谁加的，关键是看它有没有道理。

艾艾家的院子还不小，正房三间，东头还有一间小屋，估计是做厨房用的；西边搭着一间小棚，堆着些蜂窝煤及杂物之类。

天很冷，艾艾的父母在屋里等着，见了面少不得就热情地互相问候一番。艾艾她妈，林雨是第一次见，看得出年轻的时候应该比较标致，艾艾长得也更像她，而她那三个姐姐，则更像她们的爸爸。

房子简单地装修过，有电视、冰箱、沙发那一套，还安着土暖气，屋子里较暖和。他脱下大衣，艾艾接过去，放进里屋了，那应该是她自己的房间。刚坐下，从外头进来个小伙子，问菜都准备好了，现在做吗？艾艾说，不急，先说会儿话，要不你回去吧，到时我和我妈做就行了。小伙子迟疑了一会儿，说是一会儿我再过来吧——是罗福宫酒店的个小厨师。

说起话来，艾艾的爸爸说，这里条件一般，路也不好走，大雪天的你还过来看我们，真是过意不去呀！

林雨说，我看条件不错呀，比我想象的要好，本来早该过来向二老汇报一下的，最近一直出发，也不知道艾艾什么时候方便，就拖到今天了。这么说着的时候，他瞥了艾艾一眼，她正朝自己做鬼脸，意思是公开撒谎，不害臊！

老岳问他，你和艾艾谈得怎么样呀，能给我们个准信儿吗？

林雨说，我来就是想向您汇报一下情况的……

艾艾突然一嗓子，表明一下态度就行了，还汇报情况呢，什么情况？又不是在单位上跟领导汇报工作！

老岳就说，这孩子，怎么说话呢这是？

她妈也说她，我看惯得你没样儿了！

林雨知道她为何来那一嗓子，遂笑笑，哦，我的态度是对艾艾百分之百的满意呀，情况嘛——看见艾艾瞪他，又慢慢地说，我自己的感觉，啊，谈得还、还不错，我觉得二老可以放心，我比她大许多，我会好好待她的！

艾艾笑笑，嗯，这个态度嘛还不错！

老岳说，这里兴喝定亲酒，你们定下哪一天，还是在家里办吧，反正也没外人！

林雨看看艾艾，我老家也兴，但都是男方办的，还是我来请！

艾艾说，就在酒店办吧，也方便些，三楼刚装了个卡拉 OK，到时一块热闹一下！

最后就定在了罗福宫。林雨说，不过我得结账！

艾艾说，好呀好呀，你结你结，显得你多有钱似的！

老岳笑笑，我这个小女儿呀，诸事都好，就是这个嘴不饶人，以后你多担待吧！

林雨说，我看她还是能知书达理的，可能有点喜欢撒娇，我能理解的！

老岳又说，你俩年纪都不小了，定了就抓紧办，趁着我和你大姨还能动，给你们看个孩子什么的！

艾艾看看林雨，脸上红了一下，咳嗽一声，说是吃饭吧？那个小厨师好像过来一会儿了。

老岳也来了一嗓子，好，上菜，今晚咱爷俩喝个痛快！

艾艾拿出林雨带过来的两瓶茅台，说这是林雨孝敬您的！

老岳说，这么好的酒，咱自己喝瞎了！

艾艾说，自己喝怎么就瞎了，好东西都要留给别人吗？这是你女婿的心意，喝，不喝白不喝，我也来一杯！说着启开了。

喝起酒来的时候，老岳先举杯欢迎林雨，说是今天特别高兴，了我一桩心事，女婿第一次来，以后就是一家人了，别客气，别见外，来，喝！

林雨分别给他二位敬了酒，说是感谢二位老人，给我养育了个好老婆，艾艾就打断他，先别臭美，啊，现在还不是呢，等你正式娶了我才是你老婆！

众人哈哈一笑都干了。

艾艾她妈问林雨，老家还有什么人呀孩子？

林雨神情黯然了一下，说是家里只有两个姐姐了，父亲死于水库工地上的一次事故，那年我六岁，是母亲将我们姐弟仨拉扯大的，前年母亲又因病去世了，我之所以一直没解决个人问题，也是因为近几年一直忙着给母亲看病了……

老岳就唉了一声，也是苦出身呀，咱爷俩命运怎么一样呀孩子？怪不得第一次看见你就觉得亲呢，一是听到乡音亲，二也是同病相怜吧？我看还是苦孩子靠得住，有出息，来，咱爷俩干一杯！

艾艾端起酒杯动情地说，老公啊，你一直没跟我提家里的事儿，你不让我问你从哪里来，我也就没问，你父亲去世的那年你六岁是吗？我恰恰那年出生，我俩能从相遇相识，到相知相爱，就是上天让我来到这个世上等着你、照顾你的，来，咱俩干一杯！

干完，两人都掉了眼泪，林雨还抱了抱她，谢谢你呀艾艾！

艾艾她妈眼圈也红了，说是，孩子，这里就是你的家，有事没事都要常回来！

林雨说，我会的！

老岳说，艾艾的三个姐姐一出嫁，家里就剩下俺三口了，原没打算让艾艾嫁出去，而是让她找一个回来，不过现在都无所谓了，你俩结婚以后愿意住哪里就住哪里，我没什么东西给艾艾作陪嫁，就是想把这座房子留给她！

艾艾好像也是第一次听他这么说，她愣了一下，说是爸爸，我知道你最疼我，可这事儿从长计议行吗？

林雨也说，是呀，现在有个继承法，再说也不急，还是好好商量商量再定吧，来，我和艾艾一块儿敬您一杯。

干过之后，老岳眼睛有点直，说是我不管什么法不法，这个事情我说了算！

一瓶酒已经见底了，林雨欲打开第二瓶。

她妈说，俺俩都没喝过茅台，这酒的度数有点高是吧？

艾艾说，是呀，五十三度呢！

她妈低声说，不行了，别让你爸爸再喝了！

林雨说，难得高兴，没关系的。

艾艾夺过酒瓶，我知道爸爸的酒量，行了。

老岳的舌头有点大了，对着老伴儿说，你刚才说什么？我没喝过茅台？那年，啊，大女婿调回来的时候，不是喝过吗？噢，说起大女婿，还想起一件事哩，他今年要转业，你听说了吗艾艾？

艾艾说，听说了一点，正跑着关系呢，可能要进市政公司，但能不能落实还不知道！

老岳又说，他也不容易，一个放羊的，小学文化程度，能干到正营也算不错，小林抽烟吗？来，咱俩抽支烟！说着递过一支。

林雨说，我不抽，哎，我还给您带了条烟哩！哎，烟呢？艾艾赶忙从里间拿出两条烟，说是，烟好也不能多抽啊！

老岳笑着接过，不多抽，这一晚上，我一直没抽不是？嗯。

老岳坐在沙发上抽烟，抽着抽着，睡着了。

当她妈将老岳连扶带抱地弄到另一头的房间睡去的时候，林雨悄悄地问艾艾，该走了呀，我走好吗？

艾艾抱着他说，我不让你走！

林雨说，不走睡哪里？

艾艾看一下她父母的房间，小声说，一会儿你先睡沙发，等他们睡着的时候你再偷偷去我屋！说着指了指里间。

他亲她一下，好！

她问他，你没事儿吧？

他说，还行，你呢？

她嘿嘿一笑，我也行，待会儿你还是说要走，好吗？

他心领神会地，好！

一会儿，她妈出来了，说是老岳喝多了，今天是小林在这里，他没好意思发疯，若是平时，根本就不听劝！

林雨说，大姨您照顾大叔吧，一会儿让大叔喝点水，我也该走了，以后再来看您二老！

她妈掀开门帘看了看，说是这大雪天的，怎么走？

艾艾说，这个点儿早没车了，面的也开不到这儿，在这里凑合一晚算了。

艾艾妈就让他睡艾艾屋，让艾艾去他们屋的大炕上睡，可他坚持要睡沙发。说话的工夫，艾艾就抱出床被子铺到沙发上了。她妈见状不好再坚持，只好如此了。

艾艾妈进屋休息的时候，两人拥在沙发上悄声说话，艾艾说，老公啊，饭前我不该跟你吼那一嗓子，原谅老婆好吗？

林雨说，我明白的，你以为我真会说生小作家的事儿？那不成半吊了？

艾艾嘿嘿着，可我现在真的想要小作家了。

## 十、 艾艾和她的父亲<sup>（下）</sup>

林雨、艾艾和李有顺商量办定亲酒的时候，李有顺说，要不要把李学颜老师也请过来，你俩认识，算是他搭的桥，他不拉林雨来，你俩也不会认识。

艾艾看了看林雨，林雨说，是的，是他提供了一个我们相识的机会，但媒人是你，他那里我可以另外答谢他，我还要给他写文章，也算是对他的回报，这是个定亲宴，还是家人参加更好一些。

艾艾说，我同意，你们三家，加咱们爸妈，还是弄一个大桌热闹，三楼正好有一个能坐二十人的大桌，还能唱卡拉 OK。

李有顺说，那就这么定了！

艾艾的姐姐、姐夫们，林雨基本都见过。只有大姐岳月及三家的孩子，他没见过，待见了面，林雨对岳月的第一印象就是俏白白、大胖胖。

定亲宴是李有顺主持的，他发挥说武老二的特长，将气氛搞得很活跃，该说的话，该走的程序，都说得做得很到位。酒过三巡，他说，也别老喝酒，还是出几个节目热闹热闹，把这个卡拉OK用上，别浪费了资源。

他这么说着时候，艾艾的三姐小敏就过去把卡拉OK打开了。李有顺说，我先来个抛砖引玉，给大家说段《武松打虎》，多年不说了，不知还行吧！说着即从衣兜儿里掏出一副说武老二的专用设备——鸳鸯板——是有备而来：闲言碎语不要讲，表一表好汉武二郎。那武松，学拳到过少林寺，功夫练到八年上。回家去时大闹了东岳庙，李家的五个恶霸被他伤……用武老二的话说，他这个功夫还真不瓢哩，几乎每句都有响。

李有顺在那里说着的时候，林雨借去卫生间的机会，示意艾艾出来一下，他从衣兜儿里掏出个小红包，艾艾说你还真要结账呀？

林雨说，不，这不是！我老家的风俗是定亲要给新人礼钱的，我的父母不在了，但程序不能少，我怕影响大伙的情绪，单独替他们给你两千块钱，算是个见面礼！

艾艾双手接过，那我收下，谢谢公婆，愿二老在天之灵安泰，也愿二老在天之灵保佑你们的儿子、儿媳平安幸福！

两人心里热热地抱一下，就又进去了。

艾艾那几个姐姐起哄，要林雨来一个。艾艾替他解围，说是他还要准备一下，你肯定要来一个是吗林雨？那我先唱一个吧，献给大家，也献给我的未婚夫，叫不要问我从哪里来——噢，不对了，是《橄榄树》，小敏找好那首曲子，艾艾就唱起来：不要问我从哪里来，我的家乡在远方……

她唱的时候，林雨从花瓶里抽出一束花献上去，艾艾大大方方地抱他一下，哗地赢得了一阵鼓掌和喝彩声。

小玲说，卡拉OK里有样板戏吗？

小敏说，有啊！

小玲说，多年不听大姐唱样板戏了，大姐来一个，就唱那个《光辉照儿永向前》！

岳月很有派地站起来说，今天是小妹和小林定亲的日子，我高兴，全家都高兴，我唱一个全的，男女声对唱，于是就唱：爹莫说，爹莫谈，十七年的苦水已知源。爹这样的好人大家需要您，儿愿替爹爹一死，我的亲爹呀……之后又用男声唱：人说道世间只有骨肉的情意重，依我看阶级的情谊重于泰山。李有顺也跑过去和她一起唱：无产者一生奋战求解放，四海为家穷苦的生活几十年，我只有红灯一盏随身带，你把她好好保留在身边——两人在上头唱的时候，林雨注意到，两位老人一个神色凝重，另一个则在偷偷擦眼泪，说明岳月是唱得真好。

岳月又唱：爹爹给我无价宝，光辉照儿永向前……

她那几个妹妹、妹夫直叫好，呀，专业水平呀！唱完了，又是一阵掌声与喝彩。

小敏说，大记者该准备好了吧？

林雨就站起来，说是我也学大姐，学唱一段京戏吧，刚开始学，唱得不准不对的地方，请大姐及大家原谅，是程派《锁麟囊》选段，"一霎时把七情俱已昧尽"。卡拉OK里还真有，于是就用假嗓唱起来：一霎时把七情俱已昧尽，参透了酸辛处泪湿衣襟。我只道铁富贵一生铸定，又谁知人生数顷刻分明。想当年我也曾撒娇使性，到今朝哪怕我不信前尘。这也是老天爷一番教训，他叫我收余恨、免娇嗔、且自新、改性情、休恋逝水、苦海回身、早悟兰因。可怜我平地里遭此贫困，遭此贫困，我的儿啊！把麟儿误作了自己的宁馨。

林雨唱得声情并茂，有板有眼，不知触动了艾艾心中的哪根弦儿，竟唱得她眼泪汪汪的了，想着是要给他献花的，只顾在那里深谙个中三昧去了，忘了。岳月也在那里按着板眼击掌点头。

林雨又唱：忆当年出嫁时娘把囊赠，宜男梦在囊上绣个麒麟。到如今囊赠人娘又丧命，亲娘丧命，儿的娘啊！公子醒我侍奉切莫高声。公子命敢不遵把朱楼来进，我只得放大胆下里找寻。蓦地里见此囊依旧还认，分明是出阁日娘赠的锁麟。到如今见此囊犹如梦境，我怎敢把此事细追寻，从头至尾仔细地说明。手托囊思往事珠泪难忍——

林雨唱完了，酒宴上竟安静了有四五秒钟才掌声四起。艾艾拥抱了他一下，岳月也站起来跟他握手，说是你可不是刚刚开始学唱，没有三年五年，达不到这样的功夫。

李有顺说，这才是真正的京剧，有门有派，你唱的那个只能叫京剧歌！

林雨就说，大姐唱得还是有派，是荀派吧大姐？

老两口也被感染了，老岳问小敏，那里面有吕剧《李二嫂改嫁》吗？你妈会唱那个"借灯光"呢！

孩子们呀的一声，真会唱？我们怎么从来没听过呢？

小敏翻了翻还真有，小敏将话筒递过去，她妈说是我也卖卖老，看还会唱吧，好在上边有词儿是吧？就照着那个唱，之后就唱起来：借灯光，我赶忙飞针走线，纳一双新鞋儿好给他穿。实指望找六弟谈谈心事，哪知道他报了名要去支前。到明天担架队动身要走，真叫我一阵阵心中不安。今夜晚若不把真情来讲，又不知再等到哪月哪天！壮壮胆鼓鼓劲实说了吧，这件事又怎好当面来谈？若不说错过了这个机会，怕的是搁长了又有变迁。倘若他一口答应下，从今俺活下去有了靠山。他的为人实在好，又进步又能干，二人互相来帮助，生产支前当模范，日子越过越带劲，欢欢喜喜往前赶。越思越想越高兴，忽有一事上心间……艾艾妈唱到此，喊了一声，俺娘哎，还有哇，到底有完没完？可累死俺了，不唱了！

大伙哈地都乐了。

之后，小玲小敏及她们的丈夫都唱了些通俗歌曲，但再没掀起高潮来。

酒宴过后，林雨还真去结了账。下次照例在林雨宿舍约会，艾艾埋怨他，他说这账是一定要结的，一是我那里的风俗就是男方办定亲宴。二是你的两个姐姐、姐夫都在那里干活，若所有的亲戚有事儿都照此办理，你招架不住，咱自己不开这个头好吗？

艾艾笑笑，老婆这里领你的情了，可你把我这个罗福宫当成几顿饭就能吃垮的小酒馆了是吗？我当老板的请家人聚个餐还要老公买单？我是民营企业、个体户呀老公，只要我不偷税漏税、违法乱纪，谁也不敢跟我叫板，他们统统是我的员工，有员工敢跟老板攀比的吗？我炒你的鱿鱼我！不过也说明我老公是个厚道人，在单位上肯定能循规蹈矩，严格要求自己，我放心！说着亲了他一下。

两人拥吻着坐在沙发上，嗯，还是老婆厉害，倒也是这么个理儿不假哈！

艾艾说，那当然呀，否则我扔了铁饭碗，抱这个泥饭碗干吗？哎，老婆是个体户，可不准歧视的哟！

林雨笑笑，哪敢呀，现在不是有个说法嘛，叫"一家两制"是最佳组合。

艾艾就说，嗯，这个说法不错，我就要这个最佳组合；哎，咱们这个定亲宴，老公感觉如何呀？

林雨说，很好呀，很热闹，也很让我感动！

艾艾说，当时是楞感动，可过后琢磨琢磨怎么觉得有点不是味儿呢？

林雨问，怎么个不是味儿？

艾艾说，我也说不上来，只是隐隐约约有一种断梗飘萍的感觉，特别你和大姐唱的那两段戏，大姐上来就那么一句，爹莫说爹莫谈，十七年的苦水已知源；你呢，那句我也曾撒娇使性是怎么说的来着？

林雨说，叫想当年我也曾撒娇使性，到今朝哪怕我不信前尘！

艾艾说，嗯，听了之后，既有同感，又有伤感，楞叫人费琢磨的！

林雨说，我也喜欢这句，还有接下来的几句，这也是老天爷一番教训，他叫我收余恨、免娇嗔、且自新、改性情、休恋逝水、苦海回身、早悟兰因，无论你是什么样的背景，什么样的经历，都会引起诸多的联想和思考！我是因为喜欢才唱的，大姐可能是那一段她最拿手才唱的吧！

艾艾就说，嗯，我只是有那么点小感觉，其实那晚最让我感动的还是老公代表公婆给我见面礼的时候，我都要哭了！哎，我们结婚的时候，是不是要回去给他们上坟呀？

林雨说，当然呀，我还怕你不知道这个风俗呢！

艾艾说，我知道的，J市好像也这样儿，到时我跟老公回家上坟好吗？

林雨一下抱紧她，谢谢老婆，我越来越觉得你就是我老婆了。

艾艾说，你上次说给我讲讲那个叫什么绍夫兄弟的苏联小说，是写什么的呀？

林雨告诉她，那是一部反映炼钢世家生活的书，我对里面的一个细节记忆犹新，说的是一个叫卡芭的女大学生爱上了炼钢工人安德烈，卡芭每次去类似贫民区的安德烈家，都要用棍挑着雨靴，安德烈既感动又不安，说是怎么能让你这样的公主走这样的路呢，以后咱们约会到公园去好吗？卡芭却不在乎，说我以后是要和你一起生活的，从现在开始就要适应这里的环境呀；另外，我就是要自带雨靴让我爸爸看看的！而她的爸爸就是那座城市的市长，不久，那条路当然也就改造成了柏油路。

艾艾笑笑，若我老公是这座城市的市长，八里洼就也改成柏油路了。

林雨说，啊，是呀，我比较喜欢里面的一个句式，即卡芭的妈妈问女儿，他爱你吗？卡芭说，不知道，可能。你呢？也不知道，大概是的。这个"不知道，可能"及"也不知道，大概是的"，经常被引用。

艾艾就说，真的是好温馨，怪不得那天你能联想到它！说着将林雨的一只手引到她的内衣里，你感觉一下这里有什么变化吗？

林雨说，当然有变化呀，好像丰满了许多！

艾艾按住他的手，最近这里一直有胀胀的感觉。

林雨爱抚着她，老婆，你若真的想怀小作家，我们两个都要戒酒好吗？否则会生出个小酒鬼，一出生就咋呼，来二两！

艾艾没笑，说那天晚上咱俩可都喝酒了呀！

林雨说，那次……会吗？

艾艾说，不知道，可能！

林雨笑笑，你可真能活学活用，马上就入戏了，那也没关系呀，那就生个小经理吧，酒店经理！

还真让他们说准了，艾艾还真怀上了。于是乎登记、结婚，回老家上坟，林雨告诉她，这叫奉子成婚知道吗？

艾艾说，喜欢吗？

林雨说，当然喜欢呀，一下进来两口！

十月怀胎，一朝分娩。两人结婚八个月，艾艾生了个男孩，脸红红的，一个未来酒店经理的模样。

林雨起了两个名字，一曰林枫，二曰林越，供艾艾选择。艾艾听过他的解释之后，选择了林越的名字。

小林越与罗福宫一起成长、发展、壮大。林越十岁的时候，罗福宫由一个店扩展成了三个店，罗福宫总店的大厅里，就立着田螺姑娘的塑像，像极了年轻时的艾艾。艾艾兑现当初的承诺，给了书法家李学颜一笔点子费。

林雨则到大报所属的一家子报当了老总，他们的家就安在了报社家属院。

　　林雨出差了几天，待他回来的时候，发现艾艾眼睛红肿、面容憔悴，他问她病了吗？

　　艾艾一下扑到他的怀里，轻轻地叫着，老公啊，好想你……

　　林雨推开她，拉着她，见她已泪流满面，是酒店出事儿了，还是你出事儿了？

　　艾艾擦一把眼泪，故作轻松地嘟哝着你才出事儿了呢！之后，拉林雨坐到沙发上，倒杯水给他，说是，多年前有一次，你说过我能写文章还记得吗？

　　林雨笑笑，我说过吗？

　　艾艾提醒他，当然呀，你还说待要会、跟师傅睡什么的！

　　林雨故作恍然大悟状，哦，你这么一说，我想起来了，你的记性让我觉得可怕，好像随时要跟我算总账似的！

　　艾艾说，傻瓜，没听说吗？爱人之间，那个记性比较好的人，一定是爱对方多一点的人；因为她在意他；偶尔才想起对方的话的人，肯定是关爱对方较少的人。

　　林雨说，这是谁说的？

　　艾艾说，我！跟你睡这么些年了，我试着写了点东西，看是不是会写一点了。说着从茶几下边拿出一沓稿纸给他，不会写，别笑话呀！

　　林雨一看，是篇散文——《我的父亲》。

　　小时候我就知道自己是一个不受欢迎的孩子，因为我出生在自然灾害的1961年，上面又已经有了三个姐姐。出生后，妈妈给我起名四多，是取"死多"的谐音吧，意思就是老四是多余的，该死。爸爸却不同意，给我起名艾艾，希望我能得到更多的爱。因为他的伟大，我才没叫那个有损自尊的"四多"；也因为他的偏袒，我在家里一直享受着老小的最惠待遇。如果不是那封信，我可能还会毫无愧色地接受着父亲给予我的一切。

　　记得妈妈说过，如果不是爸爸，我的小命早就没了。因为怀我的时候，妈妈常饿肚子，我出生后就体弱多病，经常感冒发烧，一岁时竟得了哮喘。那时，一家六口就靠父亲微薄的工资养活，饭都吃不饱，更别说治病了。看着我整宿脸憋得发紫，好像一口气喘不上来就会被阎王爷带走的样子，父亲把心一横，开始卖血为我治病。由于卖血间隔的时间短，加上严重营养不良，父亲的身体受到严重损伤，有一次竟晕倒在家里。也许是父亲的苦心感动了上天，不到一年的时间，我竟被治愈了。

我两岁的时候，全家举迁到了八里洼，表面上是响应上级号召，我现在是知道真实的原因了。一次爸爸带我到村里的老槐树下玩儿，我懒懒地躺在树下的凉席上睡着了。突然我被喊叫声惊醒，睁眼一看，是遭遇了羊群。一只大山羊正用它坚硬的角抵住了父亲的一条腿，父亲双手紧紧抱着我，被抵得步步后退，忽然咕咚一声，父亲摔倒了——父亲的腿上，至今还留存着被羊角划破后缝合六针的痕迹。

我曾经把这两件事当成爸爸给我"小命"的缘由，并没有理解妈妈说的"如果不是爸爸，你的小命早没了"那句话的含义。我只知道，在爸爸的眼里，我永远是一个需要特殊照顾的"老小"。即便是在我参加工作后，父亲也都是每天中班接，夜班送。看到父亲在寒风中瑟瑟发抖的样子，我几次让他不要再来接送我，可一到上下班的点，父亲就又整装待发。就这样，父亲在风霜雨雪中，接送了我整整四年，直到我辞职。

在我的记忆里，父亲少言寡语，做的多，说的少。一大把年纪了，还是认真、安心地做着村上的一份工作，永远是一副知足常乐的样子。他从不主动干家务，但在母亲不能干的时候，他又能给我们包出特别好吃的饺子。对我们姐妹也非常的和善，不像母亲那样抬手就打，张口就骂。当我们姐妹遇到困难，他又能够帮忙时，他也总会乐此不疲。母亲常常抱怨自己生不逢时，说父母包办害他嫁了个甩手掌柜的丈夫。每当这种时候，父亲都洗耳恭听母亲的训斥，不做任何的辩解，显得既窝囊又委屈。当我忍不住要替父亲打抱不平，说起父亲的好处时，母亲总是用一句"他除了做这点事，还能干啥！"就把我噎住了。想想母亲说的也是，没有母亲里里外外的忙活，我们家真不知会过成什么样子。久而久之，在我的心目中，既有父亲所做的一切都是应该的，又有对父亲人生惨淡的不屑。但父亲却从不在意我对他的态度，依然在我需要他的时候，适时地出现在我的面前。

半月前，我收到了一封来自哈尔滨的信。从这封信里，我知道了自己是私生女，是父亲调往外地援建时，妈妈怀上的我；我的生父是食堂的管理员，当他看到我面泛菜色的妈妈为多得一勺菜汤，一块馒头，每次打饭都可怜巴巴地等到最后时，不由得生出了怜悯之心，时常会多给点。等相互熟悉之后，就主动地帮助母亲干点体力活。因为那段时间父母关系不好，母亲在感情上无所依附，一来二去的，两人有了感情，后来就有了我；父亲知道此事后，提出生父必须远离这座城市，并且永不泄露此事、永不见我。可他一个食堂管理员不是说调走就能调走的，父亲只好响应号召，自己带着全家走了。我还知道，生父现在得了肺癌，他顾不得原来的约定，很想见我一面；最后，他以一个将死之人的名义请求我，不管我是否原谅他，是否去看他，务必不要将此事告诉我的父母。

我像得了一场大病，寝食不安，心神不宁。几次想质问母亲到底是怎么回事。但想起生父的嘱托，看到年近七旬的母亲，我欲言又止。我为自己是个私生女感到羞愧，又为生父的乘人之危感到悲哀，我痛恨妈妈的红杏出墙，还为自己一贯的自以为是感到自责。我觉得对不起父亲和姐姐们。特别是父亲，近三十多年一直为情敌的女儿默默付出，这是需要何等宽厚仁慈的胸怀呀！

尽管我和生父没什么感情，但血缘上割舍不断的牵挂，还是让我给生父写了一封信，寄去了我们一家三口的合影。我还告诉他，等孩子放假后，我会带孩子一起去看望他。但他却没等到这一天。我同父异母的姐姐来信说，生父的肺癌其实已经到了晚期，他之所以没敢告诉我实情，是害怕我在他生命即将终结时还不肯原谅他。他并没有奢望能见到我和孩子，他期待的只是我还认可他这个生父。所以，在得到了我的认可后，生父走得很安详。

也许在我的意识里，根本容不下生父，父亲是唯一的。所以，生父的死，并没有让我太悲伤。但另一方面，我却真切地感到了人生的无奈和脆弱。我慢慢平静下来，终于把一团乱麻理出了头绪。我不再为自己无法选择的身世烦恼；不再怨恨生父和妈妈；我甚至不想对这件无法改变结果的事儿追根求源。我知道，我该想的，是怎样报答父亲这些年来对我的养育之恩。该做的，是怎样不露声色地对父亲尽一份孝心。

我想起了春节期间，大姐说父亲耳朵聋了，想买个助听器给他，被父亲一口回绝的事，说是眼不见，心不烦，听不见，心不乱。此时，急切想报答他养育之恩的愿望，让我下定了决心，连哄带骗地把父亲拉进测听室。

父亲节，我拿着八千多元买来的助听器，递给了父亲。父亲惴惴不安地问我多少钱。我告诉他，很便宜的，只花了一千来块。看着父亲长舒一口气，我的心里顿时感到无比的轻松。父亲高兴地戴上助听器，像孩子一样的新奇，对着窗外路过的刘伯伯大声嚷着：老刘，你刚才咳嗽了是吗？我听到了，是四丫头给我买的……

看着父亲花白的头发和已经佝偻的身体，想着他大半生忍辱负重、无怨无悔的付出，我在心里默默地说：父亲，我不再是只会向您索取、浑然不知回报的小艾艾了。你为我的成长洒满一路阳光，现在，该是您收获的时候了……

林雨看完，热泪盈眶，你什么时候收到哈尔滨第一封来信的？

艾艾说，半月前！说着起身打开衣柜，从上衣兜儿里掏出两封来信，递给林雨。

林雨匆匆看了看，为什么不早告诉我？

艾艾凄凄婉婉的，我怕你会看不起我的身世！

林雨抱住她，老婆啊，你怎么会这么想，我是什么人你还不知道吗？

艾艾一下大哭起来，老公，我好憋屈，让我说不出道不出，憋死我了啊……

林雨拍拍她，老婆，你做得对，将此事永远埋在心里吧，啊？千万不要扰乱一家人的生活平静，永远做你养父的好女儿、乖女儿，好吗？

艾艾答应着，好的，谢谢老公！

两人又回忆起定亲宴时岳月唱那段戏，艾艾父母在那里擦眼抹泪，而艾艾无来由地涌起一阵伤感，林雨就分析，也许大姐还真知道点真相哩，按她那个年龄，她知道一星半点的很正常，但她不提，你永远不要找她求证，记住了？

艾艾答应着，嗯，记住了，这些天，我一直在听你唱的那段一霎时把七情俱已昧尽，简直就是说的我呀，我只道铁富贵一生铸定，又谁知人生数顷刻分明，想当年我也曾撒娇使性，到今朝哪怕我不信前尘，我听了有上百遍，我都背过了。

林雨说，是呀，是段百听不厌的唱词，还有一句，叫"我怎敢把此事细追寻，从头至尾仔细地说明"，永远不要将此事细追寻，企图从头至尾仔细地说明啊！有一句话叫幸福的家庭都是相似的，不幸的家庭各有各的不幸。幸福快乐，是需要忘却的，忘掉不幸，幸福就多了；忘掉不快，快乐就多了。

艾艾亲他一下，你这么一说，我心里敞亮多了，给你一诉苦，也轻快多了，知道吗，经过这件事，我越发地依赖你、爱你了，永远不要轻视我好吗老公？

林雨回吻着，你还是你，老公还是老公，怎么会轻视？以后别这么虚荣好吗？你若早跟我说出来，哪会把小宝贝憋屈得这样儿？

艾艾撒着娇，所以人家格外想你嘛！

林雨说，好了，吃饭！

吃饭的时候，艾艾问他，你觉得我写得还行吗老公？

林雨说，不但行，而且很行，关键你是带着真情写的，我再把文字给你顺一顺，找个机会发一下吧！

艾艾说，那好啊，只是要把里面的名字改一下。

不久，一家刊物搞一个题为"我的父亲母亲"的征文大赛，林雨即将艾艾的这篇稿子推荐过去，最后还得了一等奖。

开发奖会的时候，艾艾去领奖，主办单位将她介绍给担任评委主任的一位著名作家认识。那作家说，噢，你就是艾艾呀，好文章啊，看得我涕泪交流，一晚上没睡着，太感人了，让我想起了一个老电影《达吉和她的父亲》，你就是现代版的达吉呀！之后那作家说，这是个很好的小说题材，你不能写吗？艾艾说，我不会写呢。那作家，你不写我可要写了，到时分给你一点稿费好吗？艾艾说，什么稿费不稿费的，能见到您，通过您的手把我父亲的事儿反映一下，就是我最大的安慰和荣幸了。

那作家就说，嗯，你的父亲是好父亲，母亲也是好母亲，你更是他们的好女儿。

## 十一、城市包围农村

林雨定了一台力诺瑞特太阳能热水器，当安装的人按照林雨提供的地址去给老岳安装的时候，老岳问，送错了吧？安装的人问这里不是林雨家？老岳说，是呀，可他很少过来住。

安装的人说，那就对了，就是给您用的。

林雨和艾艾带着孩子周末去看他们，老岳就说，是你让人安的这个什么特呀，好用是好用，就是太贵了！

林雨笑笑，不贵呀，那里的老总我认识，很优惠的，千把块钱吧!

老岳就说，你两个就哄我吧。

林越在跟姥姥撒娇。他上幼儿园之前，一直是姥姥带着的。他在喋喋不休地向姥姥说学校的事情，提一大串只有他自己知道的同学的名字，还带着口头语，你知道吧？小晨晨是我最好的朋友了，过会儿再提一个，姥姥即做知道状，听得津津有味的样子。

艾艾说，越越，烦不烦啊？说了几遍了？

她妈就说，我不烦呀，我还就喜欢有个男孩天天放了学回来烦我!

艾艾忙活着做菜的时候，林雨在那里一会儿看看老岳，一会儿看看岳母，寻思唯有这两人知道艾艾的身世，却一直藏在心里，他们绝对会把这个秘密带进坟墓去的，心里不免涌起阵阵酸楚与感慨，这该是多大的胸怀，又是何等的淳朴善良呀!

吃饭的时候，老岳又提将这所房子留给艾艾的事。艾艾看看林雨说是，绝对不可以，一定要留给三个姐姐，你知道我跟林雨是四个姊妹中过得最好的，有他单位的福利房住着，我自己又买了一套房子出租着，要那么多房子干吗呀？

她妈说，你三个姐姐多亏了你，小玲、小敏现在成分店经理了，也不困难了，你大姐有这套罗福宫的房产，每年还分红，把房子留给你，她仨没人敢龇牙!

艾艾说，那也不行，一样的孩子一样待吧，留给我们那就平分，都有着同等的继承权嘛!

林雨就说，艾艾说得对呀爸，二老的心意我们领了，别再坚持了。

老岳就动情地说是，人说养儿防老，知道庄上的人都说什么吗？老岳四个闺女没有儿，可老两口晚年比谁都幸福，你四个姊妹中，谁出力最多、贡献最大，是你呀艾艾，我没白疼你这个老闺女呀! 说完，一颗浑浊的老泪从眼角流了出来。

艾艾也掉了眼泪，爸妈最疼我，我还不该多做点贡献吗？

之后又议论，八里洼四周的地都被省市两级机关企事业单位买了，被高楼大厦包围了，将来搬迁是肯定的。老岳问艾艾，人家都忙着在房顶加盖一层呢，你说咱怎么办呀？

艾艾说，将来能多算面积是吗？那就加盖呀，我明天就找人来干！另外把西边的这个小棚拆了，再盖上两间平房！

老岳就说，我也是这个意思，我不能干什么了，多给你们留点面积吧！

过会儿又说，罗福宫现在是老三管的吧？她在酒店大门口整天拴头驴干吗呀？

艾艾说，她新上了一个驴肉火锅的业务，是想告诉顾客那驴肉是新鲜的！

老岳就说，上猪肉炖粉皮，还得拴头猪吗？

林雨就笑了，爸爸的话有道理呀，赶快给小敏打电话，把那头驴牵走！

艾艾掏出手机就给小敏打过去了，说完驴的事情，艾艾嗯嗯着站起来出去了。

一家人往回走的时候，艾艾开着车给林雨说，大姐病了，现在医院里，咱们拐个弯儿去看看吧？

林雨说，什么病？

艾艾说，是糖尿病肾病，刚住进去，二姐三姐现都在医院里，我出去接电话就是不让爸妈听见！

林雨说，要不要把越越放下，再买点东西过去？

艾艾说，那你和越越先别过去了，我先去看看情况再说。

林雨带着儿子回到家，不禁想起第一次见岳月的时候，看到她那个俏白白、大胖胖的形象，心里曾有过一闪念，不知她血压、血糖或血脂什么的高吧！

林雨和李有顺见面较多，话拉得也挺投机。十年间，李有顺先是从部队转业至市政公司当了个有名无实的副科长，前年即停薪留职，办了个公司，专管扒路、挖管道、再铺路诸事宜。据有关媒体报道，近十几年间，J城没有一条马路不被扒，今年下水道，明年自来水，后年暖气管，再后年高压线、电话线、光缆、有线电缆，总之是永远有活干。比方从市区通往八里洼的那条干道，五年间扒了四次，所有的活就都是李有顺他们干的。

李有顺的公司里，多是些八里洼的剩余劳力，其次是他的老部下及其子女，比方前些年退伍的战士及志愿兵，近几年转业的战友及其孩子。因为长年扒路、铺路、挖管道、敷管道，该公司有着较为丰厚的经验及设备。而且有相当的预见性，比方这次铺完了，他们会预料不出一年还会扒，故而铺的时候即可偷点工、减点料，你真工实料地铺上，下次扒会更麻烦。听着周围的居民骂娘，即公开告诉他们，这地方不出一年还会扒的，等不再扒的时候，我们再让你满意行吧？因为用工用料再多也是浪费。

李有顺有时会到工地上看看，天热的时候，他还会亲自送上西瓜或矿泉水，完全是部队上那一套。哎，还很管用，公司的员工们对他还很服气，活累，可工资高。有一次，林雨去老岳家，路上堵车的时候，他问扒路的同志，收入怎么样啊？他们说反正比公家单位发得高呀，高多少呢？两倍左右吧！

在市区至八里洼那条干道上扒路、铺路的时候，李有顺经常约朋友去罗福宫喝酒，其中的常客就有著名书法家李学颜及其不断更新的女友。

李有顺有时也会请林雨过去喝酒唱歌，说李老师在这里，赶快过来！请三次，林雨往往会去一次。李学颜见到林雨就说，你好难请呀老弟！

林雨嘿嘿着，报社可跟你书协没法比呀，整天提心吊胆的，老怕出事儿。

李学颜还挺理解，说是在咱们省干报纸，是格外累不假。

李学颜的提兜儿里，永远装着他新出的书法小册子及载有他书法作品的折页。多年前林雨给他写的一篇《有一个书法家》的印象记也赫然登在上面。他向林雨介绍他约来的女友小杜，也是一个三十几岁、形象一般的女人。但普通话不错，据说当过播音员。酒过三巡，李学颜让小杜朗诵林雨给他写的那篇《有一个书法家》，哎，朗诵得不错，嗓音厚重，有点葛兰的味道。

林雨问李学颜，那年那个推销保险的叫什么来着，陪你去 J 市第一家卡拉 OK 唱歌的那个，现在还联系吗？

李学颜把她的名字忘了，李有顺替他说，你是不是说的张萍呀？

林雨说，对对对，是这个名字！

李学颜说，嗐，你是说她呀，那不是个好同志，有一次喝完了酒去我办公室，将人家刚送给我的两瓶茅台、一桶花生油给提溜走了！

林雨笑得把啤酒喷出来了。李学颜嘿嘿一笑，说是，你看人家小杜就不错，很清纯是不是？

林雨说，嗯，是很清纯，来，敬你一杯小杜！

小杜很痛快地就干了。林雨发现李学颜带来的所有女友，都非常豪爽，说干就干，说干几杯就干几杯。

人不多，另外几个是李有顺原单位的同事，除了吹捧李有顺，别的没话说，要么就是找话题喝酒。李学颜就说，再控制一下喝酒的节奏，每人说个段子玩玩儿吧。

……

李有顺的一个同事和林雨、小杜三人各讲了小段子，有人乐了，有人没乐。没乐的人估计是没回过味来，李有顺也没乐，林雨即寻思，他大概联想到了那件不好言讲的事情吧！

轮到李有顺讲了，他吭哧了半天，说一个老段子吧：困难时期，有一个公家食堂的炊事员，每次和面总要揪下一块儿，掖到自己的肥裤腰里，以便下班的时候带回家。这次是在自己家里和面，他照例揪下一块儿要往裤腰里掖。他老婆看见问他，你干吗呀，他才意识到换地方了，噢，我以为还在食堂干活哩！

大部分人都乐了，林雨却没笑，他一下想到了艾艾的那个生父。有一次，李有顺跟他回忆起他小时候放羊的事情，是提到过工人阶级有情况的细节的，还说了一遍他当年编的那个段子：工人阶级有情况，具体的事由还不详；来了一位老同事，畏畏缩缩要进庄；岳大叔一见迎上去，又怒斥来又推搡，别再让我看见你，下次再来就够你呛！那人扔下一个小网兜，垂头丧气离了庄……

……

林雨和岳月见面较少，只是在岳父家见过几次，永远是俏白白、大胖胖，很富态的样子。他知岳月一直没有很满意的工作，始终在街道上的企业里转悠，后来就提前内退了。糖尿病肾病应该有一个发展阶段的，你即使查出糖尿病，稍稍一注意，短时间内也成不了肾病，她怎么一下子就成了肾病呢？莫非此前从没查过吗？

艾艾回来了，她告诉林雨，大姐得的就是糖尿病肾病，大骂李有顺这个舅子把她坑了，当年为了追求他，一袋一袋往咱家扛白糖，还他妈的一定要把我养得俏白白、大胖胖，结果就拱出这个糖尿病来！我查出病了，他还哄我，说什么富贵病，没事儿的，不容易好，也死不了人，又发展到这个地步，你姐仨也赶快去查查，有问题找这个舅子算账！

林雨说，你们查了吗？

艾艾说，前不久查过的，二姐、三姐的血糖还真是有点高，我的还算正常。

林雨就说，把李有顺当个出气筒，出出气也就罢了，若追究起来，可真怨不得他，那个年代，老百姓谁不把白糖当好东西？来了客人冲碗白糖水给他喝，他会幸福得了不得，吃顿糖包像过年似的；那个俏白白、大胖胖，也只是良好的祝愿，希望你身体棒棒的，并没要你吃出肥胖病或糖尿病来，我老家的老人至今还说这个话。

艾艾说，是不是也有一个审美的问题呀，他们这个年龄段的人都喜欢俏白白、大胖胖的女人是吗？

林雨说，也许，算是穷人的审美、苦日子的审美吧！哎，我们什么时候再一起去看看大姐呀？

艾艾说，估计她得在院里住一段，我给她留了五千块钱，过两天再说吧！

晚上睡觉的时候，艾艾问林雨，你看出我胖了吗？

林雨说，没看出来呀！

艾艾说，你多长时间没好好看了？再仔细看看！

林雨说，咳，我知道你想干什么，过来吧——

艾艾拱到林雨的怀里，紧紧地拥着他，老公啊，从医院回来的路上，不知为何，我突然有一种幸福感，我老公就没逼着我长得俏白白、大胖胖。

林雨爱抚着她，这是因为我老婆本来就够标致，该苗条的地方就苗条，该丰满的地方便丰满。

J市唯一有点建筑风格的老火车站要拆了。老火车站是十九世纪末二十世纪初德国著名建筑师赫尔曼菲舍尔设计建造的。那伸向蓝天的高大钟楼体现了欧洲中世纪的宗教理念。最具民俗性的巴洛克建筑风格在老火车站这座小小建筑中也有多处体现：钟楼立面的螺旋长窗、售票厅门楣上方的拱形大窗、屋顶瓦面下檐开出的三角形和半圆形上下交错的小天窗等，既为建筑物增添了曲线美，又增加了室内的光亮度。墙脚参差的方形花岗岩石块、门外高高的基座台阶、窗前种植的墨绿松柏、棕褐围栏都使这座不大也不算太小的洋式老车站既有玲珑剔透感，又有厚重坚实的恒久性，真的是美轮美奂。

有着同样建筑风格的百年老字号 QL 金店也拆了。那整块大理石雕刻的六根八米高的立柱，被拉倒之后一摔若干截，拉倒第三根的时候，著名书法家李学颜正好打那里路过，他要民工停下来，但跟民工一时说不清停下来的原因，遂被民工以捣乱之名轰了出来，轰时还有推推搡搡之举。他给李有顺打电话，要他带人立即赶过来。待李有顺带人赶过去的时候，另外的三根立柱也已经拉倒了，各摔成三至六截不等。李学颜见状，泪流满面。他让李有顺跟民工头交涉，这些摔断的立柱我们拉走行吗？那包工头还不干，李有顺好说歹说，遂以每根80元的价格，买了断的截数较少的四根。李有顺将它们往回拉的时候，他在车上问李学颜，咱要这个干吗呀李老师？

李学颜说，先找个地方放着吧！

李有顺遂将其拉到南部山区一个叫鹿鸣谷的山沟里，将其埋起来了。

再过些日子，八里洼的老革命李振村去世了。

八里洼拆迁开始了……

# 第二章　一头六四年的猪

一九六四年的夏天，形势不错，用我本家的个侄子刘复员的话说，叫形势大好，表现有三：一是我人民解放军导弹部队连续打下了美国两架U2型无人侦察机，大灭了敌人的威风，大长了革命人民的志气；二是前两年蒋介石叫嚣反攻大陆，我沿海军民同仇敌忾，吓得他没敢动弹；三是头年我县农业大丰收。地瓜多得不耐烦，老光棍老鱼头在海沟那地方分了三十多斤地瓜，他嫌远，都没去拿，烂到那里了。那老家伙说光自留地里打的粮食就够吃的，那点熊地瓜就算了，不要了。这充分说明当前形势大好，困难时期已经正式过去了。我看这个三自一包还行来！

刘复员，乃一小放猪的，比我大两岁，曾上过两年三年级。他整个少年时期似乎永远在放猪，我还没见他干过别的；他那些猪也似乎永远长不大，老是瘦骨嶙峋的那么几头。我跟他是一起上小学的，我上到初中二年级了，他还放猪。估计是长期与猪们为伍的关系，我们村一个跟他差不多大的小妮子就说他长得跟他放的那些猪差不多，往一堆儿那么一站，怪像是弟兄们。该同志特别关心国家大事，我每次放学回家，他都要找我谈谈。以上的那些话，就是一九六四年暑假的时候，我放学回家的当晚他跟我谈的。他找我谈的都是大事情。此前他还向我说过，哪里也不如沂蒙山好，帝国主义要是扔原子弹，扔到咱这里就白搭，他扔到山那边，你躲在山这边儿就没事儿；若是住在城里呢，那就毁了，你躲没处躲，藏没地方藏。一马平川，一颗原子弹全报销。我问他，你一个放猪的，怎么会知道这么多事情？他就说，你没看见大队的墙上贴着预防原子弹的宣传画吗？还有核辐射什么的。既然贴，就说明有扔的可能，要不还能随便贴呀！

他这次说的这个形势大好、表现有三的前两项我在有线广播里听说过，第三项却不知道。我说老鱼头分了地瓜不去拿，也说明那老家伙懒，有点饭吃就开始烧包，不会过日子！

刘复员就说，这人是怪懒不假，思想也比较落后，你不要，送给别人呀，哎，他不，全让它烂到那里了！

刘复员还告诉我，头年地瓜大丰收，全仗了品种好，全县统一种上了胜利百号大地瓜，平均单产近四千斤。而胜利百号大地瓜就是咱钓鱼台试验的，大队书记刘曰庆因此评上了全国劳模，到北京开过劳模会，狗熊都向他打敬礼！

咱听着挺稀奇的，就问他，北京出狗熊？

刘复员说，估计他说的是参观动物园，那些狗熊经过训练能向游人打敬礼，他就以为是只向他自己打敬礼！该同志没文化，也没见过大世面，回来传达个会议精神，就翻来覆去地老说狗熊给他打敬礼！

我说，能上北京开劳模会也不简单哪！那就能见着毛主席！

刘复员说，估计没见着，他要见着回来早吹了。

我说，你这个同志记性不错，知道的事情可真不少！

刘复员就说，咱是大队的人了，当然更要关心国家大事。

咱挺奇怪，问他你在大队干什么工作？

刘复员说，当然还是继续放猪了，不过已经归大队直接领导了，各小队的猪都已经缴到了大队，由我统一管这个理。

咱说，你放猪的水平一般化呀，永远是瘦骨嶙峋的那么几头。

刘复员就说，所以需要到外地去取经呀。支书刘曰庆说于家北坡一个女劳模喂了一头大肥猪八百多斤，我就想去取取经。妈的，这个于家北坡咱还没去过哩，听说离咱这里八里地，就不知道怎么走，哎，赶明儿咱俩一块儿去怎么样？

咱说，是队上要你去的还是你自己要去的？

刘复员说，当然是我自己要去的了，为了集体的养猪事业，队上还能不同意呀，谁没事儿看猪玩呀，又不是去看戏，那猪又不是演员，它再肥也漂亮不到哪里去！

咱就说，行，咱也跟你沾沾光，看看那个八百多斤的猪什么样儿！

去于家北坡看猪，我们还约了姥娘家是那庄上的一个妮子，叫小笤，就是说刘复员长得跟那些猪怪像弟兄们的那个。刘复员那年十六岁，一看见她，我就想起我们学过的一篇叫《小铁锤》的课文。文章的一开头是这么几句话：小铁锤，十五岁，个子矮矮的，很结实，民兵常叫他出去，探听消息。学那篇课文的时候，我就想到刘复员，仔细琢磨琢磨还让人觉得有点小可怜儿，人家个子那么小，还常叫他出去探听消息。因此上，我背那篇课文的时候就背得格外上心。那几句话若是断开来读，跟顺口溜似的，也怪好背。刘复员的那个身材、打扮儿及永远装腔作势的神情，特别像出去探听消息。我们一行三人走在去于家北坡的山路上，我就说，咱们是去探听消息呢！

那篇课文刘复员也学过，我一说，他就说，有探听消息的这个性质，都是革命工作，只是分工不同，嗯。

小笤没学过，她不知道是怎么个探听消息。我告诉她是一篇课文，叫《小铁锤》：小铁锤，十五岁，个子矮矮的，很结实，民兵常叫他出去，探听消息。我说，咱们刘复员同志也是个小铁锤！

刘复员还在那里谦虚呢，说是咱哪有人家那么高的水平，那个小铁锤熬到现在，至少也得弄个县长、公安局长什么的干干！

小笤就笑了，说是怎么寻思的来，还探听消息！

刘复员由小铁锤引申开去，又开始啰啰儿当前形势大好、表现有三那一套，但内容有所变化。他说，形势大好的表现之一是我们这个时代已正式改名为毛泽东时代，听听，多么豪这个迈，那就比公社化时代、困难时期什么的好听，也大气；二是我人民解放军英雄辈出，涌现出了一大批英雄模范人物，雷锋、欧阳海就甭说了，还出现了郭兴福教学法，学哲学的黄祖示、廖初江等四位同志；三是全县民兵积极开展大比武，涌现出了一大批全家民兵、夫妻民兵、祖孙三代齐上阵、弹无虚发中靶心等先进典型。总而言之一句话，毛泽东时代的青年，像早晨八九点钟的太阳，青春红似火，意气风这个发，为此我决定近几年要干两件事：一是积极要求进步，争取早日加入共青团组织；二是积极响应兵役法，时刻准备着，上级一声令下，咱就把那军来参！之后，他像已经将这两件事情办成了似的，对着远处近处的山山水水，将手那么一挥，喊了一声，啊，我们伟大的祖国啊，正处在光耀灿烂的早晨！

咱听着就挺激动，心里痒痒的，有热血腾腾的那么种味道。小笤也很羡慕，说是想不到你刘复员还有那么大的抱负，怪不得你对我人民解放军的事情格外上心呢，敢情是向往已久、早有打算呀！通过这次取经，你当了兵能当个好饲养员！

刘复员说，当饲养员干啥，我就喜欢当警卫员！要是给毛主席当警卫员，给我个县长也不干。又说，咱沂蒙山出去的人，也就当个警卫员什么的，太大的官儿当不了，何故？盖由没有文化之关系，没有文化而又忠诚可靠，只能当个警卫员。

我说，你要当上兵，得把你的名字改一改，刘复员，这兵还没等当上就先复员了。

刘复员不悦，说是不会说个话，小小年纪还挺迷信，叫复员还能真复员呀？你小名还叫狗剩哩，还能真是狗不吃剩下的呀？是不是小笛同志？

小笛就说，还是改改好，小名可以乱七八糟地叫，大名就不能叫这个！

刘复员就说，那就改成刘幅员好了，我们伟大的祖国地大物博，幅员辽阔，资源丰富嘛，嗯。

说说话话的，八里地很快就到了。小笛说，我先到我姥娘家问问吧，那么大的个猪，她肯定能知道！

刘复员说，打听出来也不要直接去。你直接去了，那个女劳模就认为咱是走亲戚的，上她家去是看热闹，她不理咱也没治。还是要公事公办，先跟她队上接上头儿，让她队上的干部领着咱们去！

小笛说，不认不识的跟人家接头儿，人家啰啰儿你呀？

刘复员说，我这里开着介绍信呢，盖着大队的公章！说着就将那信掏出来，看看，上边不明明白白地写着"兹有我队刘复员等三名同志前往你处学习养猪经验，请予接待并提供方便是荷"吗？他能不啰啰儿？

咱就说，你还真能当个警卫员，不声不响地连介绍信也开好了。

小笛说，这村的队长姓于，你怎么说人家姓何？

刘复员说，是荷就是为盼的意思，希望他们给予接待，哪里说是姓何！

我们在村外等了不大一会儿，小笛就回来了，说是还真有这么回事儿，不过那猪已经卖给县上了，听说县上又送到省里去展览了呢！

我们就有点小遗憾。刘复员说，咱们主要还是来取经，见不着猪，那个女劳模还是要见见，请她谈谈情况！

于家北坡乃一自然村，顾名思义就在一个半山坡上，二三十户人家的一个小队，跟山下的于家庄是一个大队。没想到我们去队上接头的时候，竟受到了极高的礼遇。我到现在还记得那小队长叫得水，五十来岁的个老头儿。刘复员觍着个脸还怪会说话，说我们是专程来拜访那女劳模的，着重学习她大养其猪之经验。而后将那封盖着我们大队公章的介绍信一递，那老头儿连看也没看（后来知道他不识字）就跟我们握手，说是你们谦虚，大老远地还亲自来拜访，累了吧？完了就忙活着生炉子，刷茶杯，打发旁边的个小孩去叫他大婶。刘复员说，甭忙活，我们这就去那女劳模家。那队长不让，说是大老远地来了，还能不歇会儿，喝口水、抽袋烟？他大婶一会儿就来！原来他让那孩子去叫的他大婶就是那女劳模。我们越说不用忙活，他越不让走，正这么撕巴着，那女劳模来了。那是个六十来岁的精瘦的老大娘，说起话来也是说我们谦虚，大老远地还来拜访，那怎么使得什么的！

刘复员装模作样地拿出笔记本、钢笔作记录状，就问她那猪是怎么喂的。那大娘说，三条：一是猪崽要选好，选那些嘴巴子短的、嘴头子齐的，这种猪一般都不挑食；二是将猪饲料发发酵，让它酸溜溜的还带着点甜味儿，猪特别爱吃；三是让它吃饱了就躺在那里晒太阳，晒得它懒洋洋地睡大觉，也格外能长膘。她说，小爱国可真是甜活人（方言：给你长脸，挣面子）！我们正奇怪，小爱国是谁？她笑笑说，就是那头八百多斤的猪，是我给它起的名字，喂了还不到两年，就长得那么大。你说它甜和人吧？后来都站不起来了，它那些小脚怎么撑得起那么重的身子？最后这半年多，成天都是躺在那里吃食儿。刘复员问，躺着吃食儿怎么吃？她说，它在那里张着嘴，我就一勺一勺地往它嘴里填。你只要一喊它爱国呀，吃饭了，它就笑眯眯地吧嗒嘴。喂着喂着就喂出感情来了，县里来车拉它的时候，我都掉了眼泪！

完了，她就领着我们去她家看猪圈。她那个猪圈勉强叫作猪圈就是了，一圈儿只抵腰间的墙头，里面用草苫子撑了个小棚，倒是挺适合晒太阳。刘复员说，还怪简陋哩，真是山沟里飞出了金凤凰，猪窝里崩出了金豆子！您把猪喂得那么肥，而您却长得这么瘦。那大娘就咯咯地笑了，说是你这孩子可真会说话，是刘日庆教的吧？那家伙才能开玩笑哩！还说我身上的肉都长到猪身上去了，他没给你们说狗熊给他打敬礼的事儿？

看完了猪圈，我们要回村，那大娘就说啥也不让走，说是要走也得跟队长打个招呼。大庄出来的人还能连这个也不懂？她陪我们回到队部的时候，出乎我们意料的事情发生了，猜猜看，摆在我们面前的是什么？对了，酒席！而且还比较丰盛。关键是我们都没什么身份，从没经过这阵势。我们几个半大不小的毛孩子，拿着那么封说不定还是刘复员私开的介绍信，就可以白吃人家吗？我们心里都没底，也都不好意思。那队长却说大老远地来拜访，还能连顿饭也不吃就走吗？瞧不起俺咋的？上年到你庄上学习胜利百号大地瓜的栽培技术，你们不是也杀猪宰羊地招待我们？我们小庄条件差点儿，也没什么准备，别嫌孬就行。我们寻思他请我们吃饭大概主要是因为也吃过我们，而且还是来拜访，有公干的味道，那就客随主便，别给人家一个没见过大世面的感觉，吃！

喝着酒说起话来的时候，刘复员又开始啰啰儿形势大好，表现有三那一套。不过第三条变了，不是那个全家老少齐上阵，弹无虚发中靶心了，换成了社会风气有好转、人民觉悟大提高，还夜不闭户、路不拾遗什么的。说到我们这个时代已正式改名为毛泽东时代，女劳模很赞成。噢，那女劳模的名字我忘了说了，她的名字很好记，跟后来一个样板戏中的人物同名，叫江水英，乃一共产党员，还是烈属。她儿子抗美援朝的时候牺牲了，老伴儿去世了，就剩了她一个孤老婆子（怪不得给猪起名字）。于得水告诉我们，他大婶之所以喂那么大的一头猪，就是想送给毛主席。前两年听说毛主席不吃猪肉了，心疼得大婶好几晚上没睡着觉。寻思来寻思去就想喂头大肥猪，送给毛主席。可等猪长大了，跟县上的领导一说，领导还不赞成，说是如今生活不困难了，毛主席吃猪肉的问题解决了，别给他老人家添麻烦了；再说那么大的个猪，往北京送也是个麻烦事儿。那猪连站都站不起来，就更不能走，还要派专车往北京送，这来回一折腾代价大了，不过你的心意组织上领了。结果不但没送成，上级还给了个好价钱，一般的活猪是三毛七一斤，给这头的是四毛三，是四毛三一斤吧大婶？

江水英说，四毛三不假，叫什么价收购来着？

于得水说，叫特价收购。

江水英就说，瞧瞧，上级会办事儿吧？本来是把它当成爱国猪送给毛主席来着，结果还沾了公家这么大的便宜，真是让我过意不去！

我们听着就肃然起敬。小笤让她感动得眼圈儿都红了，刘复员也给震得一愣愣的，再也说不出一句有水平的话来。

往回走的路上，我们还一直沉默着。快到家了，刘复员才说，以后咱再到一个不熟悉的庄上去，见了那些老太太，无论如何别小瞧人家。你看着她不怎么起眼儿，可一打听，她八成就是共产党员；再一了解，她那个贡献大了去了。所以，无论什么时候，咱都不能骄傲自这个满，更不能鱼肉百姓。他像一下长大了许多，表情还挺严肃。

后来，刘复员还真当了兵。往后，还参加了南疆边境作战，将腿给炸断了一条。再往后，他从部队转了业，就在县纪委工作了。想起他少年时的决心，就觉着他干这个工作还真是挺合适，也肯定能干好。

# 第三章　临时工

宿舍是紧挨着锅炉房的，但李喜田却冻得睡不着。放假了，锅炉早已不烧了，而取暖铁炉的烟筒不知让谁将伸出墙外的那一截抽走了，除了做饭生火非挨它的烟熏不可之外，平时便不生火，尽量不吸或少吸一氧化碳。

而且，也不仅仅是因为冷。远处村庄里和对面山坡上的职工家属区传来的年前特有的那种三三两两的爆竹声，很使他想起许多什么，唤起一些复杂的感情来。

他感到了孤独。

他起了床，拿起没有子弹的气枪，与其睡不着，不如去履行一番自己的职责——护厂。

护厂，对他具有考验的性质，他是烧锅炉的临时工。冬烧锅炉夏做饭，杂七杂八啥都干，但现在无须再烧锅炉了，职工都放假回了家，而工厂春节之后就要搬迁。

这半导体厂的所在叫簸箕山，因形似簸箕而得名，是沂蒙山区之一山。沂蒙山不是一座山，就像喜马拉雅山里面还有珠穆朗玛峰一样。

前些年沂蒙山里建了不少工厂。工厂多了，耕地少了，作为一种赔偿或交换，各厂都招了不少当地的临时工。如今体制一改革，许多厂要搬迁到城里跟地方国营厂合并。所有临时工都下放回了家，厂领导考虑到他父母双亡，家里再没有别的人，又一贯表现挺好，文化考试成绩也不错，打算看他搬迁这段时间护厂的表现，而决定是否留用。

簸箕山的地皮是山下沂河头的，半导体厂跟沂河头的关系一向不怎么好。沂河头的人经常到厂里面砍柴，拿走一点堆在车间外面、却还能用的七零八碎儿，你一制止，他便理直气壮："山是我们的山，地是我们的地，俺们的地方俺为何不能来？"而且最近也有些苗头不大对头，上级刚决定搬迁，围墙外面水泵房的窗子就让人卸走了。

　　李喜田是沂河头人，派他这任务就多少有点以夷制夷的味道。

　　半导体厂的布局很科学。这面山坡是单身职工宿舍，对面山坡是职工家属区，后面山坡的围墙里面是厂区。这时候，厂区里黑黢黢的，死一般寂静。李喜田沿着围墙转了一圈儿，心里不由得有点发怵。

　　并不是一开始就有这种气氛的，如同大观园曾经昌盛繁华过一样，这里一向很热闹。

　　簸箕山建厂，城里人进山，沂河头的生活气氛发生了许多微妙的变化。且不说沂河头的鸡蛋一个长了三分钱，运不出去的苹果一下有了销路，村头安上了自来水，单是傍晚时分，山泉旁、溪水边、垂柳下，那一对一对相依相偎、拉手搭肩的青年男女，就很让古老纯朴的沂河头人大开眼界。

　　沂河头，顾名思义，是沂河起头的地方。这里山泉遍布，溪水潺潺，杨青柳翠。站在喜田宿舍门口，可以看得见沂河头翠绿茂密的树梢和艾艾姑娘家的屋脊烟囱上冒出的缕缕炊烟。

　　沂河头风景极美，却很穷。这是不足为怪的。泰山很美，但若安上十个八个的大队，在那里吃上两年的大锅饭，试试？因此美丽的姑娘姚曼后来跟临时工李喜田熟悉的时候，就谈起了她从中悟出的道道。她是唱着"沂蒙山区好地方"的歌进厂的，她认为凡是唱哪里好，也不代表那里就有多么好。唱新疆是个好地方，叫你去你干吗不去？没唱上海是个好地方，你干吗拼命往里挤？由此可见，这类好地方歌的真实含意多半是说比别的地方更艰苦一些。

　　因为穷，沂河头的青年对半导体厂的工人便格外地羡慕。半导体厂的工作不错，不穿油脂麻花的工作服，不出淋漓满身的臭大汗，他们的工人不管跟多少厂的工人掺和在一起，一眼就能认得出来。这半导体厂的所在，就是沂蒙山的小上海。而且厂里的女工比男工多，经常可以看见长得不美的青年找的对象怪漂亮。这很有些诱惑力的。因此种田人，特别是上过几天学的年轻人不爱田了，爱上了能开工资的厂，尤其是这半导体厂。

　　这机遇不是很多的，但李喜田得到了。他有文化，加之有人替他说话。艾艾她爹放牛老汉将了大队党支部一军，逼着他们在喜田身上"体现一下社会主义优越性"，因此尽管人人都想去，可他去人们没意见。

　　当李喜田护厂巡岗回到锅炉房旁边的宿舍门口时，他想起了第一次认识姚曼的情景，脸就有点发烧。

锅炉房的后面有一间小屋，原是做更衣室或是堆点杂七杂八什么的，李喜田的前任神不知鬼不觉地将它改造成了个小澡堂，以供锅炉工下班洗澡用。并不是所有的人都知道这小屋改造之后的用场的，但姚曼知道，或许她过去常来常往。李喜田上班不久，她来了。临时工的身份连同这工作的本身，很使他有点自卑感。她的到来，使他格外激动，印象也就特别深，重要的是她很美。

"新来的？"她很大方。

"是！"他嗫嚅着。

"里面干净吗？"她指一下小屋。

"干、干净！"

"给我放点水！"

当他悟出她的意图时，他很是吃惊，他惶恐地："不是有大、大澡堂吗？"

"你不知道吗？一个礼拜才开一次门，又亏损了！"她嘲讽而又调皮地，"节约，节约用煤，节约用电，还有节约用水。"

"这方……方便吗？"

"给我看着人点儿！"这是命令，也是信任。现在对于喜田来说，这漂亮女人的话是最有权威的，而信任更确立了这权威的绝对性。

当小屋里传出"哗啦、哗啦"的水声时，锅炉房里的这个刚上班不久的小临时工有点神魂不定，无着无落。十八岁的哥哥是个什么概念？这时，他感到好奇而又富于想象。他的脸有点红，不敢朝小屋门口的方向看，却又忍不住斜着眼珠睨它一眼。

当她披着湿漉漉的秀发离去的时候，他闻到了一股很好闻的香皂的气味。

他很快便觉得这锅炉工的活计有点枯燥了，从这次加煤到下次的加煤期间，没有事，完全可以再干点什么。这念头把他引到了工厂图书馆。图书馆的桌子后面便坐着他在锅炉房认识的那位姑娘，她大方地朝他点了一下头。

"我借本书看行吗？"

她笑了一下："借就是了，为什么要问行吗？"

"我是临时工。"

"嘿嘿，我们这里不管什么工，只管读者。"

"小说方面的有吗？"他被她笑得有点脸红。

"我们这儿是技术图书馆。不过你想看,我可以给你想办法。"

于是他从她借给他的《红楼梦》扉页上,知道她叫姚曼。

这么的,他们认识了,熟悉了。

往后呢?她们说山那边的鸡蛋比沂河头的鸡蛋每个便宜两分钱。她问他去山那边吗?他实在没有别的事需要去山那边,但他还是翻山过河地去给她买,而且每次都说他"顺便"。他很愿意为她效劳。有时跑烦了,他也觉得她除了美之外,还有点馋,不过这也算不得什么缺点的。谁不想吃好一点儿?特别又是个城市姑娘。

可她有点馋是确实的。为着她的馋,那次他们陷入了非常尴尬的境地。

是哪一年来着?反正是玉米快熟的时候。他们破例地一同从山那边的集市上买了鸡蛋回来(通常她只动嘴、不动腿)。路过一片玉米地,她说道:"玉米棒子长到这么大,要是烤着吃,该还挺嫩的吧?"

"那当然。"

"我们偷两个好吗?"

他没加思索地:"好!"说实在的,尽管她叫偷,但其实算不得偷的。他就是这玉米地的主人,很愿意让她偷。

他们很快地便闪进了玉米地,摘了几穗装到了她那已经盛着一些鸡蛋的人造革手提包里。正当他们一同出来的时候,却遇见了放牛老汉和他的女儿艾艾,他的脸一下变成了酱紫色。

他忽略了一个事实,在沂蒙山区,这般年龄的大姑娘和小伙子一起钻玉米地,那就是不成文的订婚规定,如果钻了玉米地又没订婚,那是不能容忍的。

当他俩从放牛老汉和艾艾的眼前侧着身子挤过去的时候,就听见老头儿几乎从鼻孔里哼了一句"不学好",羞愧中他用眼的余光看见了艾艾的脸,那是一种怎样的表情啊!诧异?愠怒?失望?都有了!他清楚地意识到这后果不知要比偷玉米的本身严重多少倍呢!

他不自在了好长时间。而姚曼却只认为放牛老汉的谴责是由于他们偷了几穗玉米。

几年前的事了,一切都过去了,他感慨地想。

为着过春节,李喜田理了发。这是他身上唯一焕然一新的地方。"欢欢喜喜过个年",或者"干干净净过个年",是那些有家有业的人的事。他们盼过节、盼团聚。一放假,那些家在城里的单职工们包括死了亲妈、来了继母的姚曼跑得比兔子还快，尽管回到家说不定要打地铺，也未必有好脸子给她看，可还是要回家去。

他不盼，也没得盼，他天天都在自己跟自己团聚。护厂是任务，有过节费，一天顶平时两天的工资。没有过节费他也愿意留在这里，但这天是太冷了，而屋里四面透风。隔壁锅炉烧着的时候，整天让它烤得嘴唇起皮，舌头发干，巴不得挪地方透点风。而锅炉一停，这透风的滋味便格外地难受，他的新理过的脑袋格外冻得慌，焕然一新是要付出代价的。他将脑袋用棉帽捂严，囫囵着身子钻进了被窝，可怎么躺怎么不舒服。"不知哪个王八蛋将那截烟筒偷走了，一生火就满屋子的烟"。他很怀疑是已经被辞退的跟他一起来的临时工们干的，别人不敢。

夜越深，天越冷，而被套差不多有七八年没换了，全都滚成了蛋。"烤火，点引火柴"。这便二番又起了床。

他点着了火。

烧火也有学问。他刚烧锅炉的时候，煤总烧不透，使得沂河头的孩子们都不上山拾柴了，全拥到锅炉房门口捡煤渣。山里的孩子捡煤渣，也算工厂带来的新变化。

而捡煤渣的孩子中就有艾艾。她那时还小，又没上几天学，还不知道不好意思，也许因为穷，顾不得不好意思。他巴不得让她多捡点儿。他对艾艾一家怀着很深的尊敬和感激。困难时期，他娘死的时候，他还没断奶，他听爹说小时少吃放牛大娘的奶水，当然也吃过别人家的奶。生他的时候，庄里的人都忙着大炼钢铁去了，他降生落了地，爹还在五十里以外的沂河滩捞铁砂。爹吃了种田人不爱田的苦头，给他起名叫"喜田"。六二年沂河头搞"三自一包"，爹带了头，"文革"挨了整，"反击右倾翻案风"还挨斗，爹一气之下喝了"敌敌畏"。艾艾一家对他没少照料，他能当临时工，放牛老汉更是积极的助推者。

但山里的孩子毕竟是没经验的，也许因为太着急，煤渣刚从炉膛起出来，外面固然发白，里面却仍然在着火，一推到门外，孩子们忽地一下便往上扑，艾艾的手烧伤了。他歉疚了好几天。他越歉疚，便越对艾艾有所照顾。时间久了，半导体厂的后勤科长发现有点不大对头，这姑娘煤渣捡得数量不少，质量不低，于是便将他训了一顿，但训得挺有水平："你在给这小姑娘炼焦炭呢！"

喜田挨了训，艾艾不来了。

钻玉米地遇见她的那次是晚几年的事。那时候艾艾已是十七八的大姑娘了。长得脸很红，小辫儿很黑，手很粗，腿很长，身子发育得很丰满，有着野花般的纯朴天然的自然美。她发现那件事后，好长时间不理他。

喜田跟放牛大爷解释那件事，放牛大爷很相信："厂里姑娘想吃什么，咱家有的来家拿。这么点东西也值得鬼鬼祟祟、偷偷摸摸？"

大娘在一旁敲边鼓："摘几个棒子怕啥的，尝个鲜就是了。要等老了，送给人家还不要呢，别放在心上。给，艾艾给你纳的鞋垫儿，早就纳完了，还没送去。这个艾艾！"

想到这里，他笑了。炭火很旺，屋里很暖和。他趁热钻进被窝儿，睡着了。

因为是在沂蒙山过最后一个春节，半导体厂的春节供应很丰盛，按人头供应的鸡鸭鱼肉，土产海味，差不多人人都买了双份或双份以上。单身职工走了，他们的都让给双职工了。姚曼临走还没忘记她的那份让李喜田代买，要吃不了，春节回来帮他吃。半导体厂有未婚夫妇在一起开小灶做饭吃的风气，这就很使他产生许多联想。

上午，李喜田去对面山坡那边逛了一圈儿，家家都让他晚上过来吃饺子。他人缘儿不错，差不多的户买煤打蜂窝儿他都出过力。人们对他怀着那种正式工对临时工的同情和懒汉对大忙人的尊重。而且春节是个使人和气、不容易摆架子的日子，连后勤科长都握住了他的手，向他表示"节日的祝贺"。他很感动。

沂蒙山有句俗话，叫"年夜吃饺子——没有外人"。他记着这话，谁家也没去吃。吃完晚饭，他去一家看了会儿电视，见人家有说有笑，亲亲热热的，心里很没有着落就出来了。他照例沿着厂区围墙转了一圈儿，然后又回到了他的小屋。

春节的欢乐在于年夜。山下沂河头传来的一阵接一阵的鞭炮声，说明现在应该是欢乐的高峰，然而他却怎么也欢乐不起来。

如今庄里又时兴上坟了，傍晚的时候，他看见有几家上坟的。而他父母的坟，深入学大寨的时候都给"深入"掉了。他想到自己的身世，可怜了一会儿自己，眼里的泪水就怎么也止不住。

他是不幸的，可对付不幸他也有自己的经验，那就是当自己难受的时候，想想比自己更不幸的人。他想到了姚曼。

在"钻玉米地"之前，他一直对姚曼没有那方面的想法，尽管很愿意为她效劳，在她面前格外勤快一些。这并不能说明什么。就好比去买紧缺货，又遇见个男售货员。一样的东西，老头儿买不出来，漂亮姑娘会买出来。你能说这售货员对漂亮姑娘有分外之想吗？不好这样武断的。

李喜田时时不忘自己的身份，他认为不可能的事是连想也不去想的。

如同"钻玉米地"之后艾艾好长时间不理他一样，他也好长时间尽量不跟姚曼接触。但她太大方，她来找他："你干吗老躲着我？"

"你上你的班，我烧我的火。不在一起工作，怎么谈得上躲？"

"话是这么说，可你怎么不去借书了呢？"

"我……不想看了。"

"摘了几穗玉米，是不是有人说闲话？"

"没听说，厂里也没人知道。"

"那么，你还去山那边吗？"

"你有什么事儿吧？买鸡蛋？"

"嘿嘿，你就知道买鸡蛋，就不兴一起散散步？"

也许正因为自己没有那方面的想法，即使有想法，因为不可能，也没有人会相信，他同意了。

论风景还是沂河头，但她像猜出了他的心思，他们没去那儿，还是山那边。

山那边，一片松树林，松林里草皮很厚，不时地看得见几棵蘑菇在草丛中顶着小伞。姚曼很高兴，穿着裙子，腿在松林里跳来跳去：

"有毒吗？"

"没有！"

"好吃喽。"

他想说："真是个馋姑娘，三句话不离吃。"可他没说，只说："好吃。特别是做汤，再放上鸡蛋！"

姚曼听出了他的意思，微微一笑："你还挺会讽刺人呢！"

当看不见蘑菇的时候，姚曼折了一根枝条用它来拍打自己光着的雪白的腿，以驱赶那些叫不出名字的会飞会跳的小昆虫。

"替我拿着。"姚曼将包着蘑菇的小手绢递给他，他闻到了一股很好闻的蘑菇和香皂的气味。

眼下，他们周围是清脆的鸟啼、嗡嗡的蜂鸣以及密密层层的树叶发出的悦耳的响声，晒热的松树和花草散发着香味。姚曼坐了下来，他坐得离她有一小段距离。

她说起了"沂蒙山区好地方"的歌与人们现实生活之间的差距，并以此类推，谈到了所有好地方歌的实际意义。

他觉得她说得挺深刻，并且因为沂蒙山还很穷，而激起了一种主人般的羞愧感和责任感。

她谈到通过接触，她认为他的文化水平不低，当锅炉工有点屈才，为什么不去考大学？

他说，自己实际上文化水平并不高，初中刚上完，文艺书籍看得多一点，数理化就差了，考大学是没门儿的事。

"看到你，使我想到当小火夫的小保尔！"

"但我不希望你是冬妮娅。"

她的脸一阵绯红。好大一会儿，她羞涩地笑着说："你脑子反应真快，但实际上我比冬妮娅还不如呢。"

他一下意识到，像她这样漂亮的城市姑娘，跟我这土包子胡扯些这个，是不是拿我这临时工穷开心？

但她的情绪很快低落了下来。她很知心地谈到自己也很不幸。母亲早就去世了，而父亲又结了婚，自己虽愿意远离家庭，而来到这山沟里又不甘心。厂子长期亏损，有下马的传说，有门路、有靠山的都调回去了或正在往回调。她找到一个老子当大官的老同学，开始他满口答应，"可他……"

"他怎么样？"

她迟疑了一会儿，接着说，"开始，他要跟我建立恋爱关系，说这样跟他爸爸好讲。他长得挺帅，家庭挺好，工作不错，而我对正常家庭生活的温暖太羡慕，太渴求。我同意了，可后来……"

"后来怎么了？"

"后来……他欺骗我，又勾搭上一个女演员，还骗我说他爸爸把他狠狠批评了一顿，不能开后门儿！"

李喜田心里咯噔一下，热血忽地涌到了脸上，他很同情她的不幸，但更感激她对自己的信任。

他看得出，尽管她能说些很深刻的话出来，但轮到自己头上却太单纯，太善良，太坦率，也太容易轻信别人。他一下觉得她跟自己的距离拉近了许多。如果自己是个正式工人，她也有那种意思，自己会同意的。可惜不是！在他的心目中，她的条件还是要高一些。

他安慰她说："你不要难过，这样的伪君子根本不值得你爱。我相信你会找到理想的爱人的。"

她哭了："我知道你是好人……我相信你会理解我的。对吗？"

"我理解你。"

"那你愿意跟我好吗？"

"咱们仍像以前一样好下去，再进一步是不可能的。不是为别的，而是由于我自己的身份。我这是心里话！"

"你不是也太自卑了吗？"

"我是面对现实。"

……

"她真是个好姑娘！"他斜躺在被盖上，自己说出了声。他感到她的内心像一泓清泉似的清澈、透明。

打山那边散步回来以后，他发现她老成了许多。也不那么馋，不那么"抠"了。他的思想一直很矛盾。

当厂里停工，临时工被纷纷辞退的时候，姚曼听说只留了他一个，马上跑来向他祝贺："这下你有转为正式工的可能了！我始终不在乎你是什么工，问题是你自己在乎。如果你自己在乎的这一点解决了，那也好！"

他也高兴了好一会儿："那你说呢？"

她笑着，飞快地跑了。

可春节放假前，后勤科长找他布置护厂任务时的神情却让人受不了：还"要看搬迁这段时间的表现"！

好在春节是个小拿小摸们收敛的日子。若是利用春节偷点什么，岂不与这节日气氛太不协调了吗？争气啊，乡亲们哪！

"咚咚！"突然传来踢门声。

"谁？"

"我。"一个熟悉的女人的声音。

是艾艾！他赶忙起来，打开门。

只见她肩上背着棉被，胳肢窝里夹着烟筒，手里提着网兜儿，风尘仆仆、满脸热汗地站在了门前。

"这是怎么回事？"

"快接一把呀！"

当艾艾把肩背、腋夹、手提的东西放下，简略地说明来意的时候，他一下子忘情地握住了她的手："艾艾！"

他是太寂寞了，太孤单了！寂寞中一下遇见个熟人，哪怕这人一向跟他的关系不好，也是非常亲热的，更何况是她。

此时，他握着她的一双粗壮而又红润的小手，抬起来，放到了唇边，哈着气。艾艾颤抖地向他靠过来。他一下子冲动起来，伸出双手去拉她，把她搂在自己的怀里，吻着她的前额。她从他的怀里挣脱开："这屋真冷，快把烟筒安上，生起火来。"

她说什么来着？他这样激动。你听啊！

她小嘴儿甜甜地："这烟筒是四狗送到俺家去的，他说是他偷的，他对你没下放挺忌妒，要报复你一下。他让我向你道歉了！网兜儿的小盆里是生饺子，没煮，怕送上来凉了。原打算等你回去吃的，四狗说你在这里值班。棉被是俺妈给准备的，原打算给咱……哎，等会儿再说，冻死了。"

炉子生着了，屋里暖和了。

"几点了？"艾艾问。

"十点！"

"等会儿再煮饺子，我也在这里吃。"

他们坐到了炉火边。

"说啊，接着说。"

"说什么？"

"说棉被！"

"哎，说真的，工厂搬迁，你也跟着去吗？"

"你说呢？"

"我怎么知道？"

"我想听听你的意见！"

"要我说，现在当农民，比当临时工还强哩。过去吃大锅饭，吃得种田人不爱田，如今搞专业承包，发展专业户，重点户。队上批了，明年俺家要当养牛的专业户，爹说还要当万元户呢！现在你知道什么最宝贝？"

"什么？"

"地！农民从来没像现在这样热爱土地，喜欢土地，你不是也叫喜田？不喜欢田，不就名不副实了？"

"嘿！你还怪有水平哩！"

"俺哪有水平，有水平的早钻玉米地了。"

喜田脸上一阵热："这是哪年的事了！你要愿意，赶明儿，我跟你钻就是了。"

"该死！"她举起拳头打他，他握住了。她让手放在他的手里，接着说："娘让我问问你，要是你跟厂去呢，这棉被就送给你做纪念，要是你不去嘛……"

"怎么样？"

"娘说，你爹死的时候，跟俺爹留下过话儿，可一直没告诉你，如今也不兴包办，还是你说了算。娘还说……"

"说什么？"

"咱俩都不小了……"

他抚摩着她的手，很感动。这时候，他似乎才注意到她的又黑又粗的小辫梢儿有点卷曲，搭在肩上的围巾的外面包着细纱，衣着的某些地方很有点阳春白雪的味道；冬日里不怎么在野外劳动使得她红润的脸蛋儿比先前细嫩了，充满着让人心动的活力。那时节，他全然没想到别的，根本没有身份之差的遗憾，什么临时工与正式工，城市与农村，去它的吧！定了，爱了，不走了！他一下将她搂在怀里，嘴唇贴着她的耳朵说道："我不走了，回去，结婚。"

她忽然挣脱开他，立起身："下饺子！"

春节过后，姚曼准时回来了。她给喜田买了一套现在城里很流行的那种肩上有扣儿，腰里有带儿，到处净袋子的什么青年服。他穿着虽然合身，可总有点不伦不类。他笑着说："这些年我让你改造得有点坏了。"

"怎么坏了？"她感到莫名其妙。

"开始有点不喜欢田了。"

"你的名字原来是这个意思？"

"是的！这很不好，我决定不跟工厂走了。"

"为什么？"

"就像那首歌里唱的，我的理想在希望的田野上，不管怎么说，我的家乡沂蒙山还是很可爱的。"

"你可是越来越让人不明白了。"

"不一定每一件事情都要明白的。"

如同两人相处，尽管平时关系不怎么好，可当永远分离的时候，都会良心发现地原谅对方，引起与平时相反的感情一样，当半导体厂的工人最后一批离开簸箕山的时候，沂河头的男男女女、老老少少全都拥上来了。不少人还挎着篮子，将先前拿去的厂里的那些七零八碎全都送了回来。人们想到这些年，沾了半导体厂不少光，不说别的，就是厂里的粪，也全都无偿地施到了沂河头的田里。乡亲们握住了工人们的手，热泪盈眶，感慨万端："过去穷，没给工人老大哥什么支援，如今富一点了，你们又走了……"工农之间的真挚情感在这里凝聚了。

后勤科长听说全厂唯一的临时工李喜田不随厂去了，很感意外："怎么？你搬迁这段时间的表现不错嘛！"

李喜田有点牛气："不是因为要继续当临时工，而是凭着沂蒙山人的良心和觉悟。"

后勤科长的脸上红了一下，他仿佛第一次发现这个小临时工还挺有点小水平，而过去有点小瞧了他。

当汽车开动的时候，姚曼哭了，泪眼蒙眬中，她看见李喜田的身旁站着一个仿佛认识却又一时想不起在哪里见过的丰满的姑娘，四只胳膊一齐向她挥动着。她仿佛明白了点什么。

是的，沂蒙山是可爱的，特别是人。

# 第四章　学　屋

一

管学校叫学屋，真是土得不能再土了，但就这么叫，也犯不了大错误。桃花坪放羊的老来子就这么想。老来子十六了，他上学的时候还没有这学屋。他是在外村上的学，他上过两年三年级，最有资格评价是叫学校还是叫学屋的问题了。"不就一个老师三间屋呀？还有一间宿舍：那根本就不能叫学校，尽管那老师是女的，女的也不能叫学校，只能叫学屋！"

他个子不高，还挺有原则性。

老来子是桃花坪的大知识分子了，还会说许多形容词儿什么的，他形容他打盹的时候"就跟三十六个皮匠似的"，谁也弄不明白三十六个皮匠跟他打盹有什么关系，又为什么是三十六个而不是三十五个或其他。他还会写诗，比如：

　　我会写诗你信不信？
　　学屋的老师是女知识分，
　　她一手拿着煎饼吃，
　　还一手拿着大众日！

他见过那女老师一边吃着煎饼，一边看《大众日报》来着。

他这诗传得很广，大人小孩儿都会背，他故意漏掉末尾一字，管那女老师叫"女知识分"，那女老师听了也没生气，反觉得他怪有意思。

没有谁敢于在是叫学校还是叫学屋的问题上与老来子争论，他说了就算了，那就只好叫学屋。

学屋不归桃花坪一个村管。桃花坪也不是一个完整的村，它只是一个小队，与另外的柳树峪、桑树峪合为一个大队。够得上大队一级的才能叫村，这三个自然村组成的村就叫三庄。学屋是三庄的。

三个自然村三条峪。学屋坐落在三条峪外边另一座山的前坡上。如同一把半开的扇子，那三条峪是扇面上的三条肋，学屋就在三条肋交叉的那地方。中间还隔着一条小河，河边一片小平原，两溜儿枣树行。

学屋离三个自然村差不多距离，当初盖房子的时候就考虑好了的，别这个村远那个村近的吃了亏。

那个学屋就是孤零零的了。

学屋里的那个女老师叫沈小萌。

<h2 style="text-align:center">二</h2>

这时候，学是已经放过一会儿了，但太阳还老高，沈小萌就不知道该干什么了。教室跟院子是学生们放学之前就打扫了的。煎饼是胖嫂中午就摊了的，"晚饭你自己炒点菜吧！"她正上着课，胖嫂抱歉似的就在院子里吆喝，"那货往常都是傍黑天才回来的，今天回来得这么早；我走了哇？晚上我可不来了啊！"那些半大不小的毛孩子们"哈——"地就乐了。胖嫂在笑声中颠儿颠儿地跑出院子，坐到等在学屋旁边小路上的"那货"的自行车后座上了。

"那货"腿很长，身体很棒。他一条腿着地，另一条搁在车梁上，待胖嫂坐好，"吱"一下就溜到学屋下边的小平原上了。

胖嫂是桑树峪的，是大队派来给学屋烧水和晚上跟沈小萌做伴儿的，她很勤快，茶炉房总是打扫得很干净，饭也给沈小萌做。就是星期六的下午懒点儿，那个半天里她把重点放到打扫个人卫生上了，这里那里地洗一遍，然后精神焕发地便开始神不守舍。早晚听到小路上"丁零零"的自行车铃铛声，她就急巴巴地跑走了。沈小萌上课，她就在院子里吆喝一声。

自行车铃铛当然就是那货按的。那货是她丈夫，在县城机械厂当工人。县城离三庄八十里地，每个星期六的下午他都回来，第二天再窜回去，胖嫂有天晚上对沈小萌说："我这是在这里，那货还不好意思怎么样，我若是在家里，他一进家门把自行车一扔，不管我正干着什么，就把我抱到床上了；他哪来的这么大劲儿！呼哧呼哧地跑八十里地，连歇一会儿都不！"

沈小萌这样想着的时候，脸就有点红，心里有点慌乱，身上还有点燥热。

两边的山冈上，老来子在放羊，从学屋这边望过去，是一群蠕动的黑点儿，朦朦胧胧，剪影一般，声音却就悠远而真切："哎，干什么你个老骚狐啊——叭！"最后的那声"叭"很响亮，那是石子击中羊角的声响。

沈小萌就到河边洗衣服去了。

河边的枣花快要败了，蜜蜂们在急切地叫，水在懒洋洋地流，她衣服洗得就心不在焉，仿佛来这儿主要的并不是为着洗衣服，但为着什么，又说不分明。

她开始洗褥单儿。"褥"字真是很难写，但是很形象：一个衣部，加一个辱字，被侮辱的衣物。她在课堂上讲这字的时候还用了启发式，却不想就使一个二年级的男孩子退了学。她肯定会永远记着他的名字：董晓世。那孩子学习是差点劲儿，但怪老实，很懂事，每次老师提问，他不管会不会，从来不举手，那次她就把他叫起来了，她启发他认"褥"字：

"你家睡床还是睡炕啊？"

"睡炕！"

"炕上边铺着什么？"

"草！"

"草上边儿呢？"

"是席！"

"席上边儿呢？"

"是俺娘！"

"你娘上边儿呢？"

"那可不一定，有时候是被子，有时候就是俺爹！"

"哗——"全班一下全笑了。她教的是复式班，一二三四年级的学生都有。她脸红了一会儿，好不容易憋住笑，赶忙让他坐下了。下了课，那些高年级的学生肯定是讥笑他来着，放学的时候，他哭着走了。

第二天他就不来了。

第三天也没来。

星期天，她去家访，那孩子正背着一筐猪草回来。见了她，愣一下，然后把筐一扔，跑了。

他娘在家，一个四十岁的女人。一听是学屋的老师便赶忙往屋里让："大老远的，还让您跑一趟，快屋里坐！"

屋里很黑，地上不平，待沈小萌的眼睛适应了屋里的光线的时候，才看清那炕上确实是没有褥子的，她心里就涌起一股说不出来的滋味儿："大嫂，是我不好……"

"不妨事，你甭放在心上！"

"那些孩子我也没管好！"

"孩子们闹玩儿呢，怕啥的？"

"那——明天让晓世上学去吧？"

"算了吧，也不中用，上也是白搭！"

女人对那事不以为意，却就是不让孩子再上学。往后，她买了一床褥单儿给晓世家送去了，那孩子也仍然没再来。

那次当她离开晓世家，快到峪口的时候，她突然听见身后一声稚嫩的声音："老师——"

她回头一看，是晓世，满头大汗，手里提着半篮子鸡蛋："是你？"

"俺娘让我给你的！"

她蹲下去，给他擦把汗："看把你累的，追这么远！"

"我怕打了鸡蛋不敢跑，到这儿才追上！"

她心里一热，一下揽过那孩子："我怎么能要你家的鸡蛋呢？"

"俺娘说你也是不容易！"说着，挣开身子，将那篮子放到地上，又跪下去："俺娘让我给你磕个头！"

她赶忙拉起他："别、别……"

"俺家从没来过公家人儿！"

她的眼泪就流出来了。

一块石子落到她前面的水里，水溅到她的脸上了，同时也就听见身后枣树行里"哎"一声。

她定一会儿神，擦一把脸上的水，但没回头，她听出是那个小放羊的叫声。从声音上判断，他离她二十多米远，就是再近也不会有危险，她是有经验的，这地方的人是山杠子，没见过多少外地人，以向生人挑衅为能事。她到三庄去的时候，半大不小的毛孩子就经常爬在墙头不怀好意地朝她嘻嘻地笑，但你若问他件什么事，他会竭尽全力为你服务，以为你服务为荣。比方你要找人，他会领你去找，事没办成，他又给你想办法。而且她刚刚沉浸在对晓世一家的忏悔里来着，对老来子的恶作剧就格外能原谅。她当然理解他的心理，他希望你回过头去让他看看，但你若真的回过去了，他会连看也不敢看马上溜之乎也。那一会儿，她很希望有个什么人在远处看她，她就偏不回头，继续洗她的衣服。

"哎——"又一块石子擦着她的头发梢儿落到她的前面了！她停了一下。因为有了希望有个什么人在远处看她的小心思，她觉得很好玩儿，也很沉着，她想看看他到底要干什么，他的声音还不难听，虽然有些孩子气，但嗓音已经变粗，很洪亮，石子扔得也怪准。

他肯定是被她的无动于衷激怒了，"哎"一声，又一块石子擦着她的眉梢儿落到她的前面了。石子在她的眉梢儿那里浅浅地擦了一道小口子，渗着血汁儿。她觉得有点疼，摸了一把，忽地站起来了。

老来子就赶着羊群跑了。

她一点儿也没生气，就是觉得这家伙有点太不负责任。

## 三

"你怎么长得呢？这么白！这么嫩！哪个货要找了你，还不捞着了哇？"那货一走，胖嫂过来睡觉的时候，她盯着沈小萌脱衣服总爱这么说。她管所有的男人统称"那货"。这时候她还沉浸在跟那货在一起时的幸福里，嘴就开始发疯。她已经到了发疯的年龄了。三十来岁，孩子跟着那货在县城上学，整天闲得要命，还有的是精力。

沈小萌就会说，"你也不黑呀！还怪丰满！"

胖嫂就挺高兴，眉毛一扬："是吗？你们知识分子说话可真好听，还丰满！不就是奶子挺高挺大呀？那货也喜欢丰满哩！"接着便再复述一遍她跟那货的恋爱史。

沈小萌早就知道，她跟那货是初级社合并成高级社时扭秧歌扭上的。三庄的秧歌很有名，有高跷、旱船、狮子、龙灯什么的，每年春节一过，三条峪一条一条的就挨着扭。从这条峪到另一条峪各有一条山路相通，翻过一座山梁就到。那年春节下了一场大雪，山路溜滑，扭秧歌的队伍扛着高跷、抬着旱船，翻过山梁待往下走的时候，一个个"咯咯"地笑着就出溜成了堆儿。她出溜到一个刚栽了小松树的鱼鳞坑里去了，没等爬起来，那货扛着高跷也出溜了下来，他就趁机将她抱住了。"他还得寸进尺，你不知道他的劲儿有多大！挣也挣不开，鱼鳞坑又挺小，地上还有雪，把那棵小松树也压断了！"那晚上，秧歌队里就少了一对踩高跷的。秧歌队是三条峪联合组成的，踩高跷的多的是，少个仨俩的看不出来。后来当然就结了婚。大跃进的时候，那货大炼钢铁去了。小高炉一撤销，他就去机械厂当了工人，调整下放也没把他放回来。

然后胖嫂又宣扬一番结了婚的好处和乐趣，说得沈小萌心里五迷三道的。

"你还不哇？"她说着说着，就爬到沈小萌的床上来了，她那粗壮的四肢将沈小萌的身子紧紧箍着，巨蟒一般。沈小萌让她缠得心里痒酥酥的，撒着娇："不呢！"

"再不，可真是可惜了的，哎，你眉梢儿这地方怎么了？"

"枣树枝划的！"

"也不小心点儿，多亏眉毛盖着，不显，这兔子不拉屎的地方没有配上你的货啊！可你上师范的时候就没号下一个？"

小萌"唉"了一声。

胖嫂就埋怨她："你干吗要到这山沟沟里来呢？"

"总得有人来啊！"

"那些货来还好办，三条峪总能挑出个把漂亮妮子来，你来就麻、麻烦——"胖嫂说着，打起鼾来了。

沈小萌却就不容易睡着。

沈小萌不是沂蒙山人，她来沂蒙山是因了《沂蒙山区好地方》那首歌，她以为真是"公社带来好风光"来着，却不想完全不是那回事儿！胖嫂说，像没有褥子的就不光董晓世一家，"你买得过来吗？"当然也不全是为着那首歌，主要还是响应党的号召，"哪里需要哪里去，哪里艰苦哪安家"，她是团员，又刚刚学了雷锋事迹，分到沂蒙山来还不解渴，非要"到最艰苦最偏僻的地方"不可，这就到三庄来了。至于"上师范的时候没号下一个"，可不就没号下吗？她性格内向，不善交往，加之师范二年级的时候，她母亲又去世了，她的心情一直很不好，也就没有号下一个的心绪，待她毕了业，她父亲又结婚了。

她回过家一趟，看见父亲比先前似乎还年轻了许多，跟继母还经常开点小玩笑，她心里就挺不是味儿，更促使她"离家远远的"。

这时候就有点儿后悔。

她做了个让自己脸红的梦。梦里有个男人朝她嘻嘻地笑，她挺害怕扭头就跑，那人就在后边儿追，一边追还一边朝她扔石子，追着追着就追上了，他将她抱住了，她吓醒了。是胖嫂的手放到她身上一处敏感的地方了。

四

> 沂蒙山区好地方，
>
> 风吹草低见牛羊，
>
> 那大家伙咱不放，
>
> 所以你就光见羊。
>
> 七呛、七呛、七不愣噔呛！
>
> 哎，干什么，你个老骚狐啊——
>
> 叭——

老来子在学屋后边儿的山坡上响亮地唱着喊着，打着响鞭，上课的孩子们却就乱了。沈小萌很生气，朝院子里喊一句："胖嫂你也不去说说他，这课还有法儿上吗？"

老来子吐词不清，他喊的"老骚狐"让人远远地听着有点像"老骚货"，胖嫂本来就很敏感，沈小萌一生气，她"呼呼"地窜上去了："喊你娘啊喊？不知道老师正上课吗？你个小婊贼儿！"她骂小婊贼儿骂得挺亲切，还怪好听！

老来子嘻嘻地不知说了句什么，惹得胖嫂追着他又打又骂……

胖嫂脸红红的从山坡上下来了，沈小萌问她："怎么了？"

"那个小婊贼儿，不让公羊往母羊身上爬呢！"

"不让爬怎么了？"

"你可真是个女知识分！这个也不懂啊？不爬怎么下小羊啊？"

老来子在学屋下边的那片小平原上圈羊了，三庄的人嫌往峪外送肥远，经常让老来子去圈羊。圈羊就是把羊赶到一块待耕的地里，让羊们在上边儿拉屎撒尿，完了再翻过来做肥料。老来子在那里一圈好几天，晚上还在那里住着。

沈小萌看见小平原上兀地出现了一个小凉床，挺新奇，她没见过那玩意儿；也怪高兴，她觉得一下有了个邻居似的。待胖嫂的那货回来了，胖嫂说"晚上我可不来了哇"的时候，她就不是很紧张。

这天下午，她早早地吃了晚饭就下去看。

羊们在认真地拉屎撒尿，老来子趴在不远处的小河里喝凉水。老来子喝完水，抹抹嘴唇待往回走的时候就看见了她。他当然是傲慢的，但她太漂亮，在漂亮的女知识分面前是轻易就能傲慢得起来的吗？而且他还把人家打伤过！他想躲，但没来得及，她已经看见他了。他壮着胆子迎上去，恭恭敬敬地："你参观啊？"

"啊，随便看看！晚上你就睡这儿啊？"

"嗯！"

"不害怕？"

"害怕啥？"他大人似的："咱什么也不怕！"

"挺寂寞是吧？"

"寂——寞？"

"就是怪躁得慌吧？"

他一指羊群："有它们呢！躁啥？"他觉得这个女知识分还挺和蔼，话就多起来："一个羊一个脾性，嗯，你看那个长着黑胡子的山羊，它一直看着你是吧？那是大礼貌！那个红山羊就怪可怜，低着头的那个，旁边儿闻它的那个老想欺负它！"

她想起胖嫂的话，笑了："你怎么不让羊交配呢？"

他吃惊地看她一眼："交配？交配影响不好！"

"影响谁了？"

他脸红了一下："看着怪不好意思！"

"你多大了？"

"十六！"

"十六了还不懂啊？不交配怎么下小羊啊？"

"你可是怪懂啊，一个女的家，书上也写着这个？"

她让他嘲讽得不好意思起来，可又觉得跟他说话挺好玩儿，便想逗逗他："听说你会写诗啊？"

他还挺谦虚："一般化吧！"

"最近又写了吗？"

"想了几首，还没推敲好！"

"能不能念一首听听？"

"在您面前，那不是班门弄斧啊？好，随便说一首，您帮着推推敲，这一首是关于牛羊方面的：贫下中农实事求，甘做革命老黄牛，雷锋精神大发扬，咱在山上把羊放！"

她强忍住笑，作沉思状。

他问她："怎么样？有点一般化是吧？"

她故作认真地："是有点一般化，还有没有好一点的？"

"有！"他说着就从凉床的枕头底下掏出个脏兮兮的日记本儿递给她，她翻了几页："呀！写了这么多呀？"可再翻一页的时候，就看见了一幅技法低劣的画，画上一个赤身的女孩子在河边洗衣服，远处一个男的躲在树后看，她脸红了一下，他一下意识到什么，马上又把日记本抢走了。

她生气地："你怎么可以胡乱画这个呢？"

"又不是画的你！"

"那你画的谁？"

"虚、虚构的！"

"那天我洗衣服的时候，你干什么呢？"

他一下像小学生似的："就是想看看，俺觉得怪好看！"

"好看就扔石子呀？"

"俺不对，闹着玩儿来着，没心思的就打着你了！"

"你屑跟一个女的家闹着玩儿呀？"

"俺不对！"

她"扑哧"一下乐了。

他也咧着嘴不自然地笑起来。一会儿，她问他："你说我好看？"

"嗯！"

"哪里好看？"

"哪里都好看！"

她心里一高兴，便拧了一下他的腮："你这个小坏蛋儿呀！"

他看上去，个子不高，但跟她站在一起，却比她还猛点儿。她一拧他的腮，方意识到他是个大孩子了。他的喉结已经突出，肌肉很结实。脖颈上的棱角很鲜明，全身散发着一种叫人无可奈何的顽皮，又有一种装腔作势的老练，让你没法讨厌他。

她拧他，他夸张地捂着腮："你还真拧啊，俺又不是你的学生！"

"你还把我这里打破了哩！"

"是吗？我看看！"

他细心地用手拨着她的眉毛看，她感到了他手指的抚摸，就有一种异样的感觉传遍她的全身，她将他的手拨开："算了，你！"

"俺不对！"

"不对怎么办？"

"俺改！"

"怎么改？"

"你叫我怎么改我怎么改！"

"不许你胡乱画！"

"行！"

"不许你喝凉水！"

"行！"

"我那里有茶水炉，以后到那里去打水喝！"

"行！"他嘴上答应着，眼圈儿却红了。

# 五

下了一场中不溜儿的雨，那条小河涨水了，水涨得不大，但很急，大人能过，小孩儿不能过，学生们都隔到河的对岸了，沈小萌就挨个往这边背。老来子见了，心里挺复杂。他恨不得自己立时能小几岁，也趴在女知识分的背上，搂着她那雪白的脖子让她背背。

他就想起了个很恶心人的故事。是他庄上一个老光棍儿讲的。说是一个瞎子背着一个瘸子过河，瘸子在瞎子的背上说："河那边有人。"那瞎子就说："肯定是个女的。"老来子好长时间没弄明白那瞎子怎么知道是女人的，后来就明白了，瞎子的背上有异样的感觉。

此时他就担心女知识分的背上也有那种感觉，他就跳下河去帮她背，还对她说："你光背女的就是，男的我来背！"

沈小萌朝他笑笑，以示感激。

胖嫂头天下午回家来着，下了雨，将她隔到家里了，这时候颠儿颠儿地也来了。她见老来子背完最后一个学生过去，急巴巴地说：

"哎，还有我哩!"

老来子喊道:"你让那货背吧!"

"我料你也背不动!"

她一激，老来子就来了积极性:"好，你等着!"

老来子回来，她果然就让他背了。过了河的小学生们就站在河边起哄:"嘿，猪八戒背媳妇哩!"

他还怪明白:"咱背的是别人的媳妇!"

河水急，她的身子重，老来子背得很艰苦。胖嫂见他摇摇晃晃就搂得很紧，他的背上就有了一种异样的感觉。

过了河，沈小萌见老来子气喘吁吁，埋怨胖嫂:"你干吗要他背呢?"

"怎么，你心疼了?"

"去你的!"

"我来情况了!"

老来子不喝凉水了，他经常提着一个带有四个小鼻儿的那种小瓦罐儿去学屋里打开水。胖嫂见了就讽刺他:"嘿，还怪讲卫生哩? 跟公家人儿样的，还喝开水，新学的?"

他脸红红地:"我给你弄硬的!"

"滚蛋!"

"我说的是硬柴火、木头!"

老来子再去打开水的时候，就背一捆树枝过去，有时候就拖一棵半干不湿的树，胖嫂挺害怕:"你可别搞破坏啊!"

"是死树!"

"死树叶子还发青?"

"晒晒就不青了!"

胖嫂的孩子病了，那货捎信来，让她到县城去照顾几天，沈小萌督促她:"快去呗!"

"我走了，你咋办? 这荒山旷野的?"

"没事儿! 我又不是孩子!"

"要不，让队上再派个人来?"

"算了，怪麻烦的!"

"哎，老来子——"老来子在茶炉房打完开水正要走，胖嫂把他叫住了:"你过来!"

"啥事儿?"

"你不圈羊了哇?"

"不圈了!"

"你再圈几天!"

"干啥?"

"学屋有点菜地不是？想种点白菜!"

"行!"

"抽空帮着烧烧水!"

"行!"

"明天你到粮站给沈老师买点粮来!"

"行!"

胖嫂走了。

老来子当天就在学屋的菜地上圈羊了。

可晚上就下了一场暴雨，那雨真大！雷鸣电闪，山摇地动。沈小萌被雷鸣惊醒，猛地想起老来子还在屋后的菜地里圈羊，抓起雨衣就跑进雨幕里了。

雨雾中，老来子正站在凉床旁边吆喝着被雷电惊散的羊群。就听见雷声、风声、雨声，羊们"咩咩"的惊叫声和老来子的骂声。一道闪电亮过，老来子瞅准一只公山羊，将它的羊角拽住了。沈小萌喊了一声："还不赶到教室里!"

他便往教室的方向拖，那羊"咩咩"地呼唤着，母羊们是乖乖地尾随着来了，可其余的公羊们却不听它那一套，还在这里那里地到处跑。两人就又去追，逮住一个，他在前边拽，她在后边推。待两人将羊全赶到教室里的时候，东边的天空已经泛白了，但雨还没停，教室里还很黑。她埋怨他："你干吗不早往教室里赶呢?"

"我怕把教室弄脏了!""叭嚓"，一个板凳将他绊倒了，他"哎哟"一声。

"摔疼了吧?"

"没事儿!"

"快到我屋里去!"

他便跟着她去了。

她脱掉雨衣，摸着火柴，将罩子灯点着的时候，他一下不好意思了。灰黄的灯光里，他就看见这女知识分原来只穿着背心和裤头，她的身子那么白，那么丰腴，像镀了一层金光一般，灿烂辉煌。她见他愣着，扔给他一块毛巾："小孩子家，看什么？快擦擦！"然后又掀开箱子，扔给他一件花上衣，灰裤子："换上！背过身去！"

她将灯芯拧小了，自己也开始换衣服。他看见墙上那个朦胧的赤裸着的女人的影子，心怦怦地跳，他尽力地屏住呼吸，手忙脚乱地刚换好衣服，灯光又亮了。她咯咯地笑了："你原来不小啊！我的衣服你都穿着小了！"

"就是，我是大人了！"

"你可真是个大人啊！一个穿着花衣服的大人！"

天亮了，风停了，雨小了，两人始才听见门外惊天动地的轰鸣。是山洪暴发，小河涨水了。那个小平原也淹了，玉米棵子只露着个梢儿，在湍急的浑水里摇曳着。她紧张地："怎么办？"

"什么怎么办？"

"学生！"

"三两天之内大人也过不来，甭说学生！"

她"唉"了一声。

他则笑嘻嘻地："我最喜欢下雨了！下它个十天半月的才好哩！"

"那好什么？"

"能玩儿呀！"

"饿着肚子玩儿呀？"

"这有啥愁的，这山里饿不死人！'北风那个吹，雪花那个飘'，还活得好好的，甭说咱这里还'风吹草低见牛羊'了，你等着！"

他说着就跑进雨中去了。一会儿他抱了一些嫩玉米棒儿回来，还有许多带秧儿的小地瓜儿。她吃惊地："你怎么能这么干？"

他不在乎地："这有啥？我经常这么干！"

"这地瓜还这么小就扒了，多可惜！"

"是大水冲出来的！"

"你原来还是个小偷儿！"

"偷吃的不算偷！"

当他们啃着煮好的鲜玉米棒儿和地瓜的时候，她又很感动："多亏你在这里圈羊哩！"

他就摆出整劳力的姿态："这雨还得下！"

"那就下呗！"

"这么下着也不错!"

她脸红了一下,心里却觉得确实也不错,屋里有个男的,那感觉跟胖嫂在一起不一样,多一些新奇,多一些踏实,还多了些家庭的气氛,她就想撒撒娇:"你拉个呱听!"

老来子就开始瞎扯。他说是:"这山脚下有座孤零零的坟你看见了吧?那里边就埋了个大闺女,她是上吊死的。她跟一个小青年有了事儿丢毁了堆,就上了吊。有天晚上,我在那地方圈羊,正睡得迷迷糊糊,就看见月光下,一个女人站在凉床的头上了,红褂子、绿裤子,披头散发,她要光站着还不可怕,她还拿出梳子梳头呢!我吓坏了,喊了一声,不见了!"

他又给她讲瞎子背着瘸子过河,她开始没听明白,他一解释,她脸红了:"小孩子家讲这种故事还不学坏了哇?"

天黑下来的时候,两人就有点尴尬。老来子说:"困坏了!困得跟三十六个皮匠似的!"

"那就睡呗!"

他起身往外走。

"你去哪?"

"我到教室里睡去!"

"那怎么行?又没有床!"

"睡在案子上就行!"

"你别去了!"她一指胖嫂的床,"你睡这里就是!"

他就在胖嫂的床上睡了,可不知什么时候又醒了。胖嫂的床上没有蚊帐,黑暗中就听见"叭"一声,"叭"一声,她问他:"你还没睡着哇?"

"操!蚊子这么多,怪咬得慌!"

她迟疑了一会儿,"——要不,你到我的蚊帐里来吧!"

他摸黑就钻到她的蚊帐里去了。她给他让出了一块地方,可他还是碰着了一个温乎乎的身子,马上又闪开了。他躺在她的旁边一动不动,尽量避免着与她接触,她的头发搔到他的脸上,怪痒痒的,也不敢动弹。她察觉出了他的困境,说:"别拘束,你想怎么躺就怎么躺吧!"

他放松了一下,将身子固定在另一个姿势上。可很快又累了,还是睡不着。过了好大一会儿,他听见她轻轻喊了一声:"老来子——"

他假装睡着了,不答应。

"老来子——"她又喊了一声。

他还是不答应。

不一会儿，他就觉得她的手指悄悄地摸他的肚子。他想让她摸起来方便些，便动了一下，仰卧着，可她的手马上缩回了："你没睡着啊！"

"睡着了！"

她打一下他的肚子："你这个小坏蛋儿！"

他就将她抱住了。

"你会呀？"

"我是大人了！"

"你真的学坏了哩！"

# 六

老来子真是很幸福！幸福的原因不在于那件事情的本身——那件事情的本身很一般化，完了还让人挺后悔，挺恶心——而在于它的意义，意义就在于她是个女知识分，是知识女人！他越琢磨越觉得意义重大，越琢磨越觉得值得炫耀。当雨过天晴，那条小河的水很快消了，小学生们又过河来上学了，胖嫂也从县城回来的时候，她很快就听庄上的人说了。她不信："你们别胡咧咧！"

"老来子自己说的，这还有假？"

"听他的话过年也过错了！"

"你想呀，下了三天三夜的雨，他在那边儿圈羊，他睡在哪里？那教室都成羊圈了！"

晚上，胖嫂跟沈小萌做伴的时候就问她："好妹妹，我问你个事儿！"

"什么事儿？"

"庄上有些风言风语，你没听说呀？"

"什么风言风语？"

"说你跟老来子哩！"

沈小萌"哇"的一声哭了。

"你跟我说实话，要是没有那事儿，我去撕老来子的嘴！"

沈小萌委屈地说："雨那么大，你能让他睡外头？"

"你真让他在这屋里睡了？"

她点了一下头。

"真有那事儿?"

"他说怪咬得慌!"

"咬得慌就叫他上你的床啊?"

"我以为他是个孩子哩!"

胖嫂惋惜地:"你和谁不好哇,单跟他,要人才没人才,要心眼儿没心眼儿的个小婊贼儿!"

沈小萌"呜呜"地哭得更厉害了。

胖嫂也翻来覆去地睡不着了,就听见她"唉"一声,"唉"一声。半天,她感叹道:"你们知识女人也眼高手低啊!"

胖嫂的神情傲慢了,也懒了,三天两头不来烧水了,晚上也很少过来做伴儿了。

孩子们上学也三天打鱼两天晒网的了,有几个干脆就不来了,来的也总用怯怯的眼光看着她,课后也很少有打闹的了,学屋里比先前一下安静了许多。

学屋里不放暑假放秋假。一放秋假,胖嫂不来了。沈小萌原打算回家一趟的,可没等动身,病了,发烧,她整天躺在床上,两眼瞅着屋笆,泪水止不住地往下流,嘴唇上烧起了泡。

门响了一下,一个小孩进来了,是董晓世。提着一串小鱼,来到她的床前:"老师,您哭了?"

"没哭!"

"您病了?"

"嗯!"

他举起那串小鱼儿:"是老来子让我送来的,俺俩逮的!"

她一下揽过晓世,放声地哭了。

"俺娘说你想吃什么,让我给你送!"

"我什么也不想吃!"

胖嫂的那货骑着自行车回来了。戴着红袖章,路过学屋的时候,还进来坐了一会儿:"俺那口子不在啊?"

小萌欠起身:"大嫂回家了,放假了!"

他见她盯着他的红袖章看,吹开了:"好家伙,县城可热闹了,'文化革命'了,你还不知道哇?噢,农村可能慢一点,也快了,一步一步地就扫到这里了!好家伙,到处都成立红卫兵,咱也成立了一个，一晚上就抓了一百多个牛鬼蛇神，还有小偷、流氓、男的、女的，男的戴高帽，女的挂破鞋，好家伙……"

沈小萌的脸一下黄了。

她很快就接到了要她去县城集中搞"文革"的通知，可她始终也没去。三庄的人好几天没见学屋里有动静，觉得不对劲儿，几个好事的人去一看，愣住了——沈小萌死了。还不知什么时候死的。只见她嘴角里含着药片，桌子上还放着一串招了蚂蚁的小干鱼儿……望着这情景，三庄的人突然良心发现，一下想起她那么多的长处和优点，咱对不起人家啊！一个个都哭了。晓世的娘哭得死去活来，胖嫂也泪流满面。哭完了，不约而同地又都想起应该揍老来子这个大众日的一顿，可没找着他，他跑了。

给沈小萌下葬的时候，她父亲还来了一趟，在她的坟前大哭一场。三庄的人没告诉他沈小萌自杀的原因，他就自言自语地分析："是我连累了她呀！我的历史问题都跟组织上交代了的，她怎么就想不开呢！这孩子性格内向，性格孤僻……"

# 七

沈小萌死了，学屋垮台了，三庄的孩子又到外村上学了。

若干年后，三庄村民委员会突然收到了两万元汇款和一封没有署名的信。说是要求庄上在学屋的原址盖一所学校，同时将沈小萌的坟好好修一修，让学生们每年清明节送上一个花圈，"以示大礼貌"。

现在这所学校是盖起来了，董晓世及沈小萌当年教过的学生们，挨着学校陆续盖起了房子成了家，一个新村出现了，那座学校也不是孤零零的了，就不知道还有没有人愿意去那里当老师。山里的人都盼着。